死神騎士は
運命の婚約者を離さない

小田ヒロ

B's-LOG BUNKO
ビーズログ文庫

イラスト／冨月一乃

Contents

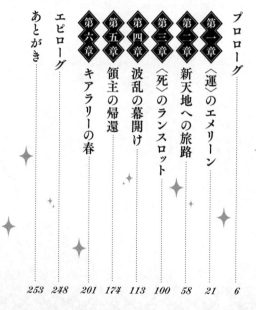

死神騎士は運命の婚約者を離さない
人物紹介
ランスロット
『死神騎士』と呼ばれる国の英雄。
とある理由で、アラバスター公爵家に
引き取られた過去がある。
エメリーン
〈運〉という〈祝福〉を持つ、バルト伯爵令嬢。
前世の人気マンガ〈本当の祝福はキミ〉の
悪役令嬢に転生したと気づき……？

ワイアット
馬好きで、警戒心が強い。
ランスロットの一歳下。
ロニー
ラドグリフ侯爵家の次男。
文武両道タイプ。
側近の中では一番年下。
ダグラス
ランスロットの一歳上。
幼馴染みであり、親友でもある。
ランスロットの側近

プロローグ

ようやく雪がとけ、冬の厳しい寒さが緩《ゆる》んできた。

二年間続いた戦争は、我がサルーデ王国の勝利によって終止符《しゅうしふ》が打たれた。

本日この場は、地獄《じごく》のような戦場で奮闘《ふんとう》してくれた騎士《きし》たちを労《ねぎら》うべく、王宮で開かれた華々《はなばな》しい戦勝祝賀会。

久々に皆《みな》明るい顔をして、国のために戦ってくれた騎士たちに口々にお礼を言っている。

騎士たちも大なり小なり怪我《けが》を負いながらも新品の儀礼《ぎれい》服を纏《まと》い、国王の手ずから勲章《くんしょう》をつけてもらって感激している。

一段高い場所には敗北目前で起死回生の突撃《とつげき》を決行し、戦《いくさ》の盤面《ばんめん》をひっくり返した、紅《あか》い髪《かみ》と瞳《ひとみ》の若き将軍が王の盃《さかずき》を受け、王太子はじめ王族の賛辞を受けていた。

その時――

「エメリーン・バルト伯爵令嬢《はくしゃくれいじょう》、今この時をもっておまえとの婚約《こんやく》は破棄《はき》する！」

ひっそりと一人、柱の陰《かげ》で衛兵に守られつつ会場の様子を眺《なが》めていた私は、ツカツカと目の前にやってきた婚約者――金髪碧眼《きんぱつへきがん》のコンラッド第二王子殿下《でんか》が人差し指を突《つ》き出《だ》し、突然《とつぜん》そう声を張りあげたことに……驚愕《きょうがく》した。

「で、殿下？」

「おまえとこれまで婚約していてもいいことなんか一つもなかった。何が〈運〉だ！　そんな不確かな〈祝福〉など私には不要だ！　その華《はな》のない容貌《ようぼう》で幸運の女神《めがみ》だと？　鏡を見ろ。私はここにいるセルビア・マルベリー侯爵《こうしゃく》令嬢と結ばれて、自分の力で幸運を手に入れるさ！」

「コンラッド様……！　よくおっしゃったわ。それでいいの！」

サラサラと艶《つや》やかな水色の髪を下ろし、同じく水色の瞳を長いまつげが縁取《ふちど》った、見たことのない愛らしい令嬢が、殿下の後ろから顔を出した。

王族を「コンラッド様」と、尊称《そんしょう》なしで呼ぶこの令嬢は誰《だれ》？

私が口を挟《はさ》もうとした時、頭の左側に鋭《するど》い痛みが走った。

……運？　祝福？　何……この既視感《きしかん》は？

この場面を、私はかつて見たことがあるような……でも私は私ではなくて……。だめ、非常時に私ってば何を考えているの？

動揺《どうよう》しながらも、事と次第《しだい》を見極《みきわ》めるため目を凝《こ》らしていると、令嬢が私に視線を移し、さも面白《おもしろ》そうに……笑った。

「あ……」

美しく、どこか蔑《さげす》みを含《ふく》んだ笑《え》みにゾクッと震《ふる》えると、再びズキンと痛みが走り、思わず額を手で押さえ……その瞬間《しゅんかん》に、私の人生は意図せずして転機を迎《むか》えた。

ああ……この人に会うのは初めてだけれど、私はよく知っている。だって彼女は……ヒロインだもの。〈ホンキミ〉の。

ここはサルーデ王国で、ヒロインのセルビアと恋《こい》に落ちるコンラッド殿下も目の前にいる。それはかつて読んだ、ミリオンセラーにもなった大人気マンガに全部一致《いっち》している。

ということは――

「そんな……嘘《うそ》でしょう？」

私は……〈ホンキミ〉の悪役令嬢、エメリーン・バルトに転生してしまっている？

座り込んでしまいたいのをなんとか我慢《がまん》して、私は周りを見渡《みわた》す。ようやく見つけたバルト伯爵である父は全身をわなわなと震わせていて、母は真っ青で今にも倒《たお》れそうだ。

さらに視線を上げて壇上《だんじょう》の玉座を見ると、金色の顎《あご》ヒゲをたくわえた、これまで何度も対面してきた威厳《いげん》ある国王と目が合う。陛下もまた愕然《がくぜん》とした表情を浮《う》かべていたが、はっと我に返った様子で声を発した。

「エメリーン・バルト伯爵令嬢、退出を許す。追って連絡《れんらく》する。そして王子コンラッド、おまえのたった今の行いは今宵《こよい》の主旨《しゅし》に泥《どろ》を塗《ぬ》った。許しが下りるまで部屋から出るな」

「お言葉ですが、こうでもしなければ、話を聞いてくださらないじゃないですか‼」

殿下の張りあげた大声が、よけいに私の頭に響《ひび》きクラクラする。そんな殿下と、ありえないことに腕《うで》を組んでいるヒロイン——セルビア・マルベリー侯爵令嬢は、どこか嘘くさいあどけない表情で殿下を見上げ、彼の言葉を肯定《こうてい》し、助長する。

「コンラッド様、大丈夫《だいじょうぶ》よ。ちゃんと説明すれば陛下もわかってくれます」

その愛されるための容姿。甘い、砂糖菓子《さとうがし》のような声、まさしくマンガのセルビアだ。

「こんなことって……」

ますます激しさを増す王と王子による言葉の応酬《おうしゅう》の中、この混乱から逃《に》がしてくれた陛下に向かって一礼をし、足早に会場をあとにした。

勢いよくエントランスに続く廊下《ろうか》に出たものの、先ほどからめまぐるしく蘇《よみがえ》る記憶《きおく》の波と頭痛による吐き気《はけ》に襲《おそ》われ、どうしたって足がふらつく。まずいと思った瞬間、私は磨《みが》かれた大理石の廊下に、手を前に出すこともできないまま倒れてしまった。

——なぜか覚悟《かくご》した痛みがやってこない。訝《いぶか》しみながらまぶたを上げると、目の前に漆《しっ》黒《こく》の軍服があった。どうやら衛兵が助けてくれたようだ。

「大丈夫か？」

——待って。衛兵であればパーティー参加者には敬語を使うのでは？　それに衛兵の服は赤だ。黒は最高指揮官の色。つまり……。

なぜこんなところに、先ほどまで壇上にいた将軍閣下が⁉

私は慌《あわ》てて顔を上げるが、再びめまいに襲われる。今日の主役である閣下の胸に吐いてしまったらどうしよう。私は口を手で押さえ、どうにか体を離《はな》そうと、もがいた。

「……具合が悪いのだろう？　私のことは嫌《いや》だろうが、少しの間、我慢してくれ」

閣下は暗めの声でそう言うと、私をさっと左腕《ひだりうで》に抱《だ》き上《あ》げた。驚《おどろ》いているうちに、大きな右手で私の頭を自分の胸に押しつけ固定する。すると、閣下の手の温かさのおかげなのか、頭が揺《ゆ》れないからか、吐き気が少し和《やわ》らいだ。

将軍とは救命活動までもできるのだ！　と感動していた矢先に、女性の悲鳴がした。

「ひっ！　なんて恐《おそ》ろしい……」

何事かと首を少し回して声のした方を見ると、王宮の若いメイドが閣下を見てなぜか顔を青くしており、逃げるように走り去った。……今日はいろいろとおかしなことばかりだ、とうんざりしていると、頭上から深いため息が降ってきた。

「私と一緒《いっしょ》にいるところが人目に付けば、君が誤解されかねないな」

閣下はそう言うと、なぜか手早く長めの前髪《まえがみ》で顔の左側を覆《おお》い、私を腕の中で抱きなおし、マントを前で留《と》めて、私の頭からすっぽり覆ってしまった。

「このまま馬車まで送るよ。じっとしているように」

確かにもはや頼《たよ》るしかなくて、私は小さく頷《うなず》いたが、なんだろう、この胸のモヤモヤは。

先ほどの閣下の深いため息が耳から離れない。思考をめぐらせ原因を探ろうとするけれど、やはり頭痛と吐き気が邪魔《じゃま》をする。

そんな私たちの後ろからカツカツと高いヒールの足音が、迷いなくこちらへ向かってきた。私を追いかけてきたとすれば母だろうか？

「……エメリーンはまだそんなに遠くに行ってないはずよ。あ、ちょっとあなた。止まって。人を探しているの」

この声はさっきの……セルビアでは？　靴音《くつおと》を鳴らし、私たちの背後に迫《せま》ったのが気配でわかる。私狙《ねら》いなの？　今更《いまさら》何？　私は閣下のマントの中で固まった。

「何か用か？」

呼びかけを無視することもできず、閣下が胸に隠《かく》した私ごとゆっくりとセルビアに振《ふ》り向《む》くと、セルビアまでも失礼な声を放った。

「げっ。死神騎士のランスロットだ！　どうしてここに……」

「……君は誰だ？　私は身内の者以外には名前を呼ぶ許しを与《あた》えていないのだが」

閣下の声は低く抑揚《よくよう》がない。そうよ、彼女は私やコンラッド殿下と同世代のはず。年上の、それも将軍を名前で呼ぶなんて、あまりに敬意がなさすぎる。それに……死神ですって？　彼女の様子は見えないけれど、なんて無礼で軽々しいことを。

「やっぱ怖《こわ》っ。あ、ごめんなさい。勘違《かんちが》いでした～」

セルビアは閣下の許しも得ぬまま、そそくさと立ち去ってしまった。ありえない……。

「ちっ。なんともわきまえていない女だったな。マルベリーにはあとで抗議《こうぎ》するか。それで……君を探していたようだが、いらぬ世話だったか？」

まさか。温かな心遣《こころづか》いに泣きそうだ。閣下はコンラッド殿下の新しい婚約者？　と私が対面するのはつらいだろうと、私の存在を隠してくれたのだ。これが本当の紳士《しんし》というものか。

「いえ、助かりました。ありがとうございます」

体調のせいで声が小さく震えた。しっかりとした返事ができず申し訳ない。

「……私のような恐ろしい男に運ばれるのは嫌だろう。馬車の停車場はもうすぐだ。辛抱《しんぼう》しなさい」

なぜか暗い声でそう返された。何か誤解された？　恩人に少しでも嫌な思いをさせるなんて、恥《はじ》だ。

私は目の前にある閣下の軍服をぎゅっと握《にぎ》った。すると閣下の体が一瞬硬直《いっしゅんこうちょく》した。

「本当に、本当に感謝しております。吐き気をおさえているだけなのです」

「そ、それはいけない。急ごう」

閣下はそう言うと、ますます私を壊《こわ》れ物《もの》のように抱《かか》えて移動してくれる。幸い車停《ど》めにはまださっきの騒動《そうどう》は伝わっていないようで、王子の婚約者である我が家の馬車は優遇《ゆうぐう》され、最前列で待っていた。

閣下はさっさと私を車内に押し込み、立ち去ろうとしたが、

「お、お待ちください」

私はとっさに彼の手を摑《つか》んだ。回らない頭で必死に考えたのだ。セルビアたちの失礼な態度と、この目の前の閣下が厳しい表情でありながらもどこか……悲しげな雰囲気《ふんいき》の意味を。閣下は軍神のごとき強さからか、人々から闇雲《やみくも》に恐れられて、苦しんでいるのでは？

「閣下。改めまして、我が国に平和をもたらしてくれてありがとうございます。大業《たいぎょう》を成しえてくださっただけでなく、私への細やかな心配り……誰がなんと言おうと、閣下は素晴《すば》らしい方です。私はこの御恩《ごおん》を、一生忘れません」

そう言って残った体力を振り絞《しぼ》って微笑《ほほえ》むと、閣下は瞠目《どうもく》し……「お大事に」と一言かけて、馬車のドアを閉めた。

ゆっくりと馬車が動き出す。私はとうとう限界がきて、座面にぐったりと崩《くず》れ落《お》ちてしまった。


目が覚めると、青い寝間着《ねまき》に替《か》えられてベッドで横になっていた。部屋は暗い。あれか

らどれくらい経《た》ったのだろう。

そして……私、チハルはあの時に死んだのかしら？　……きっとそうね。

私の頭にはチハルという女性の人生の記憶が出現していた。なぜ今まで忘れていたのか不思議なくらいだ。つまりこれは私の魂《たましい》に刻まれた記憶で、チハルは私の前世、ということなのだろう。

チハルであった私は、地球という世界の日本という島国で存在していた。

比較《ひかく》的安全な世界で、私は一生懸命《いっしょうけんめい》勉強して、憧《あこが》れの生物教師になった。

情熱を持って教育に挑《いど》んだけれど生徒はなかなか思うように動いてくれず、クヨクヨと落ち込むことも多い日々。でも体育祭で優勝した時は生徒が胴上《どうあ》げしてくれて、思わず嬉《うれ》し泣《な》きもした。そんな毎日の中で気の合う同僚《どうりょう》と婚約もしていた。

ところがある日、担任する生徒の一人が頬《ほお》にアザを作って登校してきた。虐待《ぎゃくたい》を疑い教頭先生にも相談して、彼女を保護する手続きを取り、その旨《むね》を彼女の自宅に電話したら、逆上した父親が学校に乗り込んできて、包丁を振りかぶり……。

『みんな……ごめん』

日本語で呟《つぶや》く。あんなことになるなんて、思わなかった。

目を閉じて……深呼吸して気持ちを落ち着かせる。やるせないけれど、終わってしまったことだ。チハルは不器用なりに自分の信念を曲げることなく精一杯《せいいっぱい》生きた。私だけは褒《ほ》めてあげたい。前世を思い出した以上、現世ではチハルに恥《は》じない人生を送らなければ。

しかし、そこで問題が浮上《ふじょう》。

まさか私が〈本当の祝福はキミ〉のエメリーン・バルト――つまり悪役令嬢に転生するだなんて！

「光合成の授業中、オタクのヨシオカちゃんから没収《ぼっしゅう》したら、『先生も読んでみて！　絶対面白いから！』って言われて生物準備室でこっそり読んで、つい続きの二巻を買いに走ってしまったマンガ……」

こんなことってありえるの？　思わず途方《とほう》に暮れてしまった。

〈本当の祝福はキミ（略してホンキミ）〉のタイトルにも入っているが、この世界には〈祝福〉がある。

生まれて十日目に神殿《しんでん》へ行き、紙を浸《ひた》した水鏡に赤子の持ち物（大抵《たいてい》は髪の毛）を入れると文字が浮かび上がる。そこに現れた言葉が、その人間のたった一つの〈祝福〉だ。

喜ばれるのは〈健康〉〈無病〉などの身体《しんたい》の〈祝福〉や、〈外国語〉〈商売〉〈剣《けん》〉など一芸を連想させる〈祝福〉で、なぜかそういった〈祝福持ち〉の人間は体が強健であったり、その技能が他に抜《ぬ》きん出ている確率が高いのだ。

私、エメリーンの〈祝福〉は〈運〉だった。記録にある限りで〈運〉という〈祝福〉は初めての出現だったので、判定に立ち会った神官は大いに慌て、大神官に報告し、すぐに王宮に話が伝わった。

やがて〈運〉という〈祝福〉は、幸運を指すものだと有識者たちによって結論づけられ、私はあっという間に王家に囲い込まれた。生まれて一カ月で一つ年上のコンラッド第二王子殿下の婚約者に納まってしまったのだ。兄である王太子殿下の婚約者にならなかったのは、彼のほうはすでに隣国《りんごく》の王族と婚約していたから。

コミックスの二巻にて、エメリーンは戦勝祝賀会の場で王子から一方的に婚約破棄される役どころだ。

『〈運〉の〈祝福〉にしがみついているあなたは滑稽《こっけい》だわ！　運命とは自分で切り開くものよ』

というヒロインのセルビアの決め台詞《ぜりふ》が、殿下の台詞に変わっていたのは謎《なぞ》だけれど、現実でもまさか同じ展開が起こるとは。

「ないわー」

勝手に婚約を結ばせておいて、勝手に婚約破棄とは。それに私の〈祝福〉は確かに期待された幸運を授《さず》けはしなかったけれど、殿下に不利益をもたらしたこともないというのに、あの被害者《ひがいしゃ》ヅラ……。

まだ痛む頭から必死に記憶を絞り出す。

セルビアは前侯爵の隠し子で、彼が亡《な》くなったあと、歳《とし》の離れた兄である現マルベリー侯爵に十五歳で発見され引き取られた。

彼女の〈祝福〉は〈天真爛漫《てんしんらんまん》〉。持ち前の朗《ほが》らかさで周りをドタバタと振り回しながら温かく包み込み、屈折《くっせつ》した登場人物たちの心を溶かし、仲間――というか信奉者《しんぽうしゃ》をどんどん増やしていくのだ。素晴らしきコミュニケーション力。

そういえばマンガのヒーローであるコンラッド殿下は、優秀《ゆうしゅう》な兄である王太子へのコンプレックスや、〈牧畜《ぼくちく》〉という冴《さ》えない〈祝福持ち〉であることをこじらせてる、という設定だった。

憧れの将軍のように剣で名声を得たいが、〈牧畜〉では〈剣〉や〈力〉などの〈祝福持ち〉に太刀《たち》打ちできないと、苦悩《くのう》する姿が何ページにもわたって描《えが》かれていた。

王族の〈祝福〉なんて秘密扱《あつか》いで、当然これまで知らなかったけれど、〈牧畜〉は素晴らしい〈祝福〉では？　戦争の終わった平時の今こそ必要な、この国を爆発《ばくはつ》的に発展させる可能性のある〈祝福〉だ。それなのに、なぜああも腐《くさ》ってしまったのだろう。

おせっかいなヨシオカちゃんにネタバレされた記憶では、〈ホンキミ〉は巻が進むごとに次々と現れるイケメンの心を癒《いや》しては恋愛《れんあい》のフラグを建設していく、セルビア無双《むそう》の疲《つか》れた社会人にストレスをかけないお話だった。確かヨシオカちゃんは最新刊は十二巻と言っていたような。エメリーンは序盤《じょばん》も序盤の噛《か》ませ犬だったたってことだ。

「はあ、悪役令嬢に転生なんて……。まあこの婚約破棄で退場する役だから、今更もうどうでもいいと言えばいいんだけど、でもマンガとは若干《じゃっかん》、違《ちが》う……？」

そう、マンガでは、セルビアとコンラッドは二人で協力し、つきまとうエメリーンと対《たい》峙《じ》して、痛快にやっつけるのだ。

だが言わせてほしい。私はセルビアと今日が初対面。存在すら知らなかった。

私の〈運〉という〈祝福〉は、万が一有識者が唱えるように本当に幸運を呼び込む体質だったとしたら、国内外に誘拐《ゆうかい》される恐れもあるため厳重に秘匿《ひとく》された。ゆえに私は王命によって外出は王宮へ行く時のみの、自宅にほぼ軟禁《なんきん》状態だったのだ。

だから殿下につきまとったことなどないし、二人と戦っていない。戦いようがない。つまり、〈ホンキミ〉と全く同じ世界ではない——のかも？

そして〈ホンキミ〉の『運だけでのし上がっていく伯爵令嬢エメリーン』いう登場人物紹介《しょうかい》を改めて思い出し、苦笑《くしょう》した。

王子と婚約したことは幸運だったのだろうか？　そのせいで苦労した覚えしかない。

この婚約が事情ありきだと知らない大貴族の皆様《みなさま》は、弱小伯爵家の娘《むすめ》が婚約者であることに納得《なっとく》しなかった。そのせいで私も両親もどれだけ嫌がらせを受けたことか。

さらに、学習系の〈祝福持ち〉と比べられると凡庸《ぼんよう》としか言いようのない成績。美貌《びぼう》系の〈祝福持ち〉と比べると、これまた凡庸としか言えない容姿。外の世界を知らず、世間知らずなため面白い話題も持っていない。そんな私に殿下は早々に興味を失い、逆に私と結婚《けっこん》する自分の不運を嘆《なげ》いていた。

それでも私は殿下に恋をしていた。彼しか交流できず、自我《じが》が芽生える前から彼の妃《きさき》になると刷り込まれてきたのだ。それが目的で、私の人生そのものだった。

チハルの記憶が蘇った今、急速に諦《あきら》めが育っていく。ああ、なんと私は幼かったのだろう。でも大人の視点で考えることもできるようになったからこそ、私の環境《かんきょう》ではしょうがないものだった、と自分を慰《なぐさ》めてみる。

私はこれからどうなるのだろう。今後のストーリーを大して知らない以上、手の打ちようがないけれど。

この世界は女性が自力でできることなど悲しいほどにない。

王子に婚約破棄された以上、私はとんでもないキズモノとなった。どこかの後妻に押し込まれるのだろうか？　それとも世俗《せぞく》を捨てて出家する？

「うちの領の神殿で、また子どもたちを教えるのもいいかもね」

我がバルト領の海沿いに立つ小さな神殿を思い浮かべる。そこではおじいちゃん神官長が、年配のご近所仲間と共に、事情があって神殿に預けられた子どもたちの面倒《めんどう》を見ている。だいたい二十名ほどだろうか？

神殿の子どもたちに、これまで人手が足りずできなかった事務的教育を施《ほどこ》せば、いい条件の就職先から声がかかるかもしれない。

ふと、前世で担任していた生徒たちを思い出す。教卓《きょうたく》から見下ろした笑顔《えがお》笑顔、そして後列の男子たちの……寝顔《ねがお》。あの子たちは無事卒業しただろうか。

刺《さ》された時は放課後だったから、生徒はそれほど残っていなかったはずだけど、あの子たち、まさか現場を見てしまってないよね？　チハルのことがトラウマになっていないことを祈《いの》るのみだ。

「そういえば、私ってば、婚約までしておいて、二度とも結婚できなかったわね」

気づけば頬に涙《なみだ》が伝っていた。二度とも、燃えるような恋ではなかった。それでも好きには違いなく、温かい家庭を思い描いていた。

「一緒に幸せになろうって、思っていたの……よ？」

今更あの被害者ヅラ王子と復縁《ふくえん》したいなんて思っていない。でも、この十七年間殿下を思って生きてきた私《エメリーン》の心は……ズタズタだ。

「っ……泣くな私！　頑張《がんば》れば……ううん、頑張って、神殿であれ今度こそ、私なりの幸せを、ちゃんとゲットしちゃうんだから！」

私は傷だらけのエメリーンの心を慰めながら、枕《まくら》に顔を押しつけて、再び眠《ねむ》りについた。

第一章　〈運〉のエメリーン

次に目を覚ますと夜が明けていた。チハルの記憶《きおく》はまだ残っている。もう忘れることはなさそうだ。

衆人の前で王子に婚約破棄《こんやくはき》されたこれからの人生、十七歳のただの世間知らずのエメリーンだったなら、耐《た》えがたいものになっただろう。しかし別の世界ではあるが、あれこれ経験済みのチハルの記憶が蘇《よみがえ》ったことで、なんとかやっていける気がする。

これも〈運〉なのだろうか？

ドアがノックされ、「はい」と返事をすると、私の専属メイドが慌《あわ》てて入ってきた。

「エメリーン様！　お加減は？」

「頭痛はまだあるけれど、起き上がれるわ」

「お目覚めになったこと、旦那《だんな》様にご報告してまいります！」

しばらくしてバタバタと足音を立てて父と母がやってきた。

「エム！」

母が私をかき抱《いだ》く。そして私のカールした黒髪《くろかみ》に指を通し、頭を撫《な》でる。

「ああ……なんてことかしら、あなたがこんな目に遭《あ》うなんて……」

母の薄紫《うすむらさき》の瞳《ひとみ》から涙《なみだ》が溢《あふ》れ、それを見て自分の不甲斐《ふがい》なさにいたたまれなくなった。

「……お母様、申し訳ありません」

「エムが謝ることなど何もない」

父が拳《こぶし》を握《にぎ》りしめている。父は美しいグリーンの瞳なのだが、今は怒《いか》りなのか疲《つか》れなのか、赤い。髪《かみ》は私と同じ漆黒《しっこく》だったのだけど、とうに真っ白だ。まだ若いのに……。

「体調は……どうだ」

「あまりに緊張《きんちょう》しすぎたんだと思います。でももうこれからは、そんな心配ありませんでしょう？　じきに治るかと」

「あなた、すごい熱だったのよ？」

父が手を私の額に当てる。ひんやりして気持ちよくて……父も母も大好きだ。

知恵熱《ちえ》だろうか？　そしてこのしつこい頭痛は発熱のせい？

「本当に……私のせいで、お父様とお母様とサムにご迷惑《めいわく》をおかけします」

サム――サミュエルは三つ下の弟で、我が家の跡取《あとと》りだ。今は貴族学校で寮生活《りょうせいかつ》をしている。私は王家の方針で貴族学校すら通えず、家庭教師で学ばされた。

父が黙《だま》って首を横に振《ふ》る。その顔を見れば、私を全く責めていないことがわかる。ただ、どうしようもない苦悩《くのう》が滲《にじ》んでいた。

「お父様、コンラッド殿下《でんか》の発言で、私の〈祝福〉は広く露見《ろけん》してしまったと考えていいのでしょうか？」

「いや、あまりに突然《とつぜん》のことで驚《おどろ》きが先に立ち、皆《みな》、最初の部分は聞き取れなかったようだ。王子が運がないだの不運だの喚《わめ》いていたからか、その〈運〉が〈祝福〉とは皆聞き逃《のが》している。そもそもそんな〈祝福〉を聞いたことがないから、思いも至らぬのだろう」

最悪の事態は避《さ》けられたようだ。しかし貴族として致命傷《ちめいしょう》を負ったことに変わりない。

「お父様、私、横になりながらいろいろと考えました。私は国を出られない。でもこの家の負担にもなりたくない。適齢期《てきれいき》の男性は皆すでに婚約している。かといって妾《めかけ》や後妻は考えられない。こんなに偏《かたよ》った教育しか受けていない身では、商売もできないでしょう？」

父は黙って視線を落とした。かける言葉もない、というように。

「だから私、領地に戻《もど》って修道女になろうと思うのです。それが我が家にとっても、私にとっても、唯一《ゆいいつ》の幸せかと」

「修道女なんて！　まだ……まだ十七なのよ！」

母が目を大きく見開いて私の肩《かた》を摑《つか》み、何度も揺《ゆ》さぶった。

「お母様、ごめんなさい。けれど私……正直疲れてしまいました。修道女になり、のんびり、陰《かげ》ながら領地のお手伝いをして生きていきたいなと」

「エム……」

「私の〈運〉は、今後神に捧《ささ》げます」

「国王陛下に……そう願い出てみよう」

これが妥当《だとう》だとわかっている父は、声を震《ふる》わせながらそう言ってくれた。

一週間もすると、私の体調は元に戻った。たまに前世の記憶がぶり返し、懐《なつ》かしくてぼーっとしてしまうことがある。そんな様子を見て、私の世話をしてくれるメイドたちは物思いに沈《しず》んでいると勘違《かんちが》いしている。そうじゃないと否定しても信じてくれない。

王家から派遣《はけん》されていた家庭教師もパタリと来なくなり、私はこれまでの教材やノートのほとんどを燃やした。前世教師のチハルの記憶と照らし合わせてみて、あまり必要な知識と思えなかったから。

コンラッド殿下の瞳の色に合わせて作られたブルーのドレスや小物は全部、出入りの商人に売り払《はら》い、お金を父に返した。王子妃《ひ》としての品格とかなんとかで、自分に不相応なほど上質なものを仕立ててもらっていた。本当に申し訳ない。

父はただ、ありがとう、と受け取った。現実的な父を私は尊敬する。

神殿《しんでん》に入信する際に持っていけるものは限られている。確かトランクケース一つ分だとか？　私は数枚の下着と控《ひか》えめなこげ茶のドレス、洗面用具や裁縫《さいほう》道具と家族の肖像画《しょうぞうが》を入れてみた。

修道服は支給されるし、あとはいざという時のためのお金をこっそり忍《しの》ばせれば十分だ。

私の部屋がどんどんガランとしていくのを見て、母がハラハラと泣く。母も痩《や》せた。

「私がエムを、普通《ふつう》の〈祝福〉で産んであげられればよかったのに……」

絶対に違《ちが》う。私は急いで母の手を両手で包んだ。

「私はお母様とお父様のもとに生まれただけで、何にも代えがたいほどに幸運ですよ？」

父も母も弟のサムも私を愛してくれている。それはこの世界では……いや、前世の世界であっても、実はかなりのラッキーなのだ。ひょっとしたらそこで〈運〉を使い果たしたのかも？　ならば仕方がないと思い、クスッと笑った。


騒動《そうどう》からちょうど十日後、王家からお呼び出しがかかった。いよいよだ。

私が婚約破棄されるのか、婚約解消されるのか、それで今後が大きく変わる。

婚約破棄ならば貴族としての生命を絶《た》たれ、家ごと貴族社会から爪弾《つまはじ》きにされるだろう。

婚約解消であれば、ある程度の面目《めんぼく》が保たれ、これまで拘束《こうそく》してきた時間に対する慰労《いろう》金が支払《しはら》われ、我が家の体裁《ていさい》も保たれる。

私の行き先はバルト領の神殿一択《いったく》なので、どちらでも変わらないけれど、愛する家族のために願わくば解消であってほしい。

父と二人で静かに参内《さんだい》する。私は婚約者時代とは違い、詰襟《つめえり》で飾《かざ》り気《け》のないグレーのドレス姿だ。そんな私たちはどうやら待ち構えられていたようで、コソコソと陰口《かげぐち》を叩《たた》かれる。父が硬《かた》い表情でギュッと手を握ってくれた。

「お父様、このような仕打ちも今日限りです。清々しますね」

「ああ……本当だな」

父が苦笑いして相槌《あいづち》を打った。

王の私的なこぢんまりした応接室に案内された。椅子《いす》を勧《すす》められても二人して座らず、しばらく待っているとガチャリとドアが開き、早速《さっそく》陛下がやってきた。今日はメガネ姿だ。

私と父は作法どおりに陛下に挨拶《あいさつ》する。

「バルト伯爵《はくしゃく》、エム、今日ばかりは……堅苦《かたくる》しい挨拶などいらぬ。座ってくれ」

私は父が座ったのを確認《かくにん》して、隣《となり》に腰《こし》を下ろした。

実は陛下とは、これまでも年に数回は会ってきた。コンラッド殿下とのお茶会や、妃《きさき》教育でこの王宮に出向いている時にぶらりとやってきて——殿下がいなくても——「元気かな?」とニコニコと挨拶してくるのだ。

それは息子《むすこ》の婚約者を大事にしようという態度にも見えたけれど、突然来られても何を話せばいいのかわからず、ただただ恐縮《きょうしゅく》し頭を下げ続ける時間だった。

そんな私に陛下は怒《おこ》ることもなく、私の頭を撫で、何度も握手《あくしゅ》して機嫌《きげん》よさそうに帰っていったものだ。陛下の訪問のあとは、教師陣《じん》の私への当たりがソフトになることだけはありがたかった。

「エム、バルト伯爵にはすでに話したのだが……今回のバカ息子の件、悪かった。余は今でもエムを娘《むすめ》にしたいと思っている。だがさすがに……もう心が離《はな》れてしまっただろう？」

「………………」

なんと答えろと？　表情を変えないために、親指の爪《つめ》を人差し指の腹に突《つ》き立《た》てる。

「婚約解消としよう。バルト伯爵家のこれまでの忠義、感謝する」

解消だ……胸を撫で下ろす。頭を上げると陛下と目が合った。発言を促《うなが》されているのだ。

「……国王陛下の御《ご》温情、誠《まこと》にありがとうございます。今後は領地バルトの神殿に身を寄せ、陛下の御代の永久の平安を、私の〈祝福〉全てをもって祈《いの》って生きてまいります」

国を出ず、〈運〉を最大限に使って祈りますという提案だ。これに文句は言えないだろう。

「エム、いや、エメリーン嬢《じょう》…………出家することには賛成できん」

「は？」

思わずおかしな声が飛び出してしまった。婚約解消されたのだ。私がどこに向かうかは家長たる父が決めること。陛下に口を挟《はさ》まれるいわれはない。散々傷つけられたあげくに譲歩《じょうほ》もしたのになぜそんなことを？

「陛下、恐《おそ》れながら娘は余生を領地の小さな神殿で、身寄りのない子どもたちの世話をしながら、ただ静かに過ごしたいと願っているだけでございます。先日はご納得《なっとく》いただけたと思いますが」

「その案は却下《きゃっか》だ。聡明《そうめい》なエメリーン嬢には余の騎士《きし》と婚約してもらいたい」

「『婚約？』」

想像もしなかった言葉に私は開いた口が塞《ふさ》がらない。自分の息子と婚約解消させたばかりなのに、直後に婚約ってどういうつもり？　一人泥《どろ》をかぶって出家すると言っているのにどうしてダメなの？　一体どんな思惑《おもわく》があるの？　……恐ろしい。

隣を見ると、父も唖然《あぜん》としている。すると陛下は後ろに振り向き、軽く手を上げた。

「入れ」

陛下が入室を許可すると、衛兵がドアを開けた。

そこには大柄《おおがら》の、肩までの紅《あか》き髪を無造作に後ろに流した男が立っていて、頭を軽く下げてドア枠《わく》をくぐるように入ってきた。

「『‼』」

目が合った敵を燃やすと言われる紅い瞳、頬《ほお》にバッサリと入った刀傷。先日の私に醜《しゅう》聞《ぶん》を残したパーティーの本物の主役。どんなに世事に疎《うと》い生活を送っていた私でも知っている、今日の平和を作った立役者で……私の恩人。

「ランスロット・アラバスター将軍閣下……」

最高位の黒の軍服を纏《まと》った戦神《せんじん》が、物憂《ものう》げな表情で私を見下ろしていた。

出会ったあの日、私の体調は最悪で、すぐにマントの下に入ってしまったので、こうして正面から至近距離《きょり》でお顔を拝見するのは初めてだ。なんというか強さと威厳《いげん》をぎゅっと詰《つ》め込んだ、堂々たる風格がある。そのような閣下がなぜここに？

「エメリーン嬢、我が国の英雄《えいゆう》に、そのほうの〈祝福〉を授《さず》けてやってくれ」

思わぬ事態にますます混乱していると、閣下は私たちの正面に静かに腰を下ろした。

大の大人が四人もいるというのに、応接室はしばらく無言だった。時計の針の音だけがカチコチと響《ひび》く。

やがて、私の頭が最悪の仮定を弾《はじ》き出し、焦燥《しょうそう》が、じわじわと押し寄せた。

ここで言わなければ、今後発言する機会などない。私は勇気をかき集めて口を開いた。

「恐れながら、私の〈祝福〉などあてにならないと王子殿下がおっしゃったのを、覚えていらっしゃるでしょうか。私自身そう思います。私などが将軍閣下に〈祝福〉の恩恵《おんけい》を与《あた》えられるわけがないのです。今や英雄と呼ばれる閣下に私のようなキズモノで華《はな》のない女を押しつけては、陛下の御名も閣下の御名も汚《けが》すことにしかなりません。英雄には、もっと麗《うるわ》しい方が相応《ふさわ》しいかと」

将軍閣下との婚約を斡旋《あっせん》される理由は私の〈祝福〉、〈運〉目当てだと予想がつく。

将軍に必要な〈運〉とは？　もちろん勝負運だろう。それもカードゲームやちょっとした賭《か》け事《ごと》の勝ち運じゃない。戦争において勝利をもぎ取る運だ。

私自身、この〈祝福〉の効果を実感したことなどないのに、私を娶《めと》ったことで、今後閣下が赴《おもむ》く戦争は連戦連勝になることが決定事項《じこう》だと考えられているとしたら？　ぞっとする。敗戦した時は、私の一族全員が罪人として殺されるのでは？

私の言葉に隣の父が苦しげに顔を歪《ゆが》めたが、穏《おだ》やかな言葉を選ぶ余裕《よゆう》なんてなかった。

「エメリーン嬢……おまえは決してキズモノなどではない」

陛下は今更《いまさら》何を言ってるの？　あの祝賀会には、国内のほぼ全ての貴族と影響《えいきょう》力のある平民が揃《そろ》っていたことを忘れたのだろうか？

そんな苛立《いらだ》ちを、私は顔に出してしまったのかもしれない。陛下は私に一瞬《いっしゅん》憐《あわ》れみの表情を向け……すぐさま表情を、為政者《いせいしゃ》のものに変えた。

「バルト伯爵令嬢エメリーン、これは王命だ。騎士ランスロットを良く支えよ」

王命……。

父が静かに頭を下げた。私もならうしかない。

「私と伯爵は席を外す。当事者同士、とりあえず少し話すように」

陛下が私のほうを見ることなくスタスタと退出する。父は私の手をギュッと握りしめてから、陛下のあとに続いた。


私と将軍閣下、二人だけ残された。

王宮のロボットみたいなメイドが無駄《むだ》のない動きで温かいお茶を淹《い》れ、目の前で給仕《きゅうじ》して下がる。

「顔を上げてほしい」

低く、掠《かす》れた声がした。私はいつの間にか自分の指先に視線を落としていて、不快にさせてしまったのかもしれない。

ゆっくりと頭を起こし、英雄の顔を見る。先ほどの私と陛下の会話を、眉《まゆ》一つ動かさずに聞いていた。騎士らしくあまり感情を外に出さないお方のようだ。

確かセルビアと出会って、閣下も笑顔《えがお》を取り戻すと聞いたような——と考えて、息を呑《の》む。閣下も〈ホンキミ〉の登場人物だったかもしれない。

しかし今は面談の真っ最中。前世を思い出している場合ではない。右手を胸に当てて気持ちを立てなおす。とにかく正直に私の思いを伝えよう。

「あの、先日は助けていただきありがとうございました。体調はこのようにすっかり良くなりました」

「役に立ったならよかったよ」

閣下はあんな面倒《めんどう》な目に遭ったというのに、なんてことないようにそう言ってくれた。

こんな人格者の閣下に、私のようななんのとりえもない小娘《こむすめ》をあてがうなんて……。

「申し訳、ありません」

「何に謝っている？」

閣下は訝《いぶか》しげに眉間《みけん》に皺《しわ》を寄せた。

「私のような不良債権《さいけん》を押しつけられたこと、に対してです」

「フリョウサイケン？」

ああ、こちらの言葉ではなかったか。

「ええと、厄介《やっかい》な、捨てられない借金、燃えないゴミ？　というような意味です」

「ゴホゴホゴホッ……」

お茶を飲んでいた閣下が思いっきり咽《む》せた。

「ゴミなどと……なんてことを。君がゴミだとしたら、私はこれまでゴミのために命がけで戦ってきたことになる。そのようなこと、二度と言うな」

怒らせてしまった。閣下は国民のために、剣《けん》を取り魔法《まほう》を駆使《くし》して戦ってきたのだ。私もそんな国民の一人。深く考えもせず口にした私が悪い。

そしてお優《やさ》しい。そりゃあそうだ。これほど若くして人の上に立つ人物なのだ。ますます気の毒になる。

「重ね重ね申し訳ございません」

私は深々と頭を下げた。

「おい……ああ、くそっ！　もういい！　頭を上げてくれ！」

体を起こすと、閣下が目を瞑《つぶ》り、天井《てんじょう》を見上げている。

……困らせている。いっそ、もう出奔《しゅっぽん》してしまおうか。先日準備したトランクを持って。

両親も、尊敬する将軍閣下が私と結婚《けっこん》することで不幸になるよりは、バルト領を潰《つぶ》されたほうがマシだと思ってくれるだろう。私の〈祝福〉を利用しようと振り回す、私にとっては頭の痛い存在でしかない陛下だけど、賢王《けんおう》というもっぱらの評判だ。きっと素晴《すば》らしい領主があてがわれて領民に迷惑はかからないはず。一番被害《ひがい》に遭うのは――

「サムか……」

「サムとは？」

つい口に出していたようだ。

「弟です。今学校で勉強しております」

「そうか」

閣下がふうーっと息を吐《は》き、膝《ひざ》の上で両手を握り合わせ、静かに話し出した。

「エメリーン嬢」

「どうぞ、呼び捨てにしてください」

「……ではエメリーン、君はその、先日も思ったのだが……私が恐ろしくないのか？」

「え？　あの、尊敬しておりますが」

救国の英雄だもの。家族全員で感謝しているし、弟サムに至っては、崇拝《すうはい》の域だ。そんな閣下の晴れ舞台《ぶたい》だった戦勝祝賀会を、私が台無しにしてしまったのだと思うと情けなく、恥《は》じ入《い》るばかりだが、なんとか真っすぐに目を見て頷《うなず》いた。

「恐ろしくはないのか？」

二度も聞かれた。閣下の言葉は、深刻な様子だから何一つ聞き逃していないはずなのだけれど、さっぱり読めない。

「……すみません、あの、何か恐ろしいことが起こるのでしょうか？」

「わ、私の見てくれがだ！」

見てくれ？　容姿ってこと？　そう言われたら、まじまじと見てしまうのはしょうがないだろう。

背が高く、おそらくバランスよく筋肉がついていると思われる体は、給食の牛乳にプロテインを混ぜて飲んでいた、野球部の顧問《こもん》だったかつての同僚《どうりょう》みたいだ。

頬や首筋に覗《のぞ》く傷はヤンチャな教え子を思い出す。真っ赤な髪は炎《ほのお》のようで、紅蓮《ぐれん》の瞳はさっきも思ったけれど美しいし、その澄《す》んだ輝《かがや》きは誠実さを表しているようだ。

閣下がいつの間にか、少し赤くなっている。窓を開けたほうがいいかしら。

「閣下のお姿は、大変お強そうで頼《たの》もしいなあと思います。あの日も私をひょいっと抱《だ》き上げてくださって、子どもに戻った気分で実は楽しかったです。安心感こそあれ恐ろしくなどありません。だって、その大きな手で私たちを守ってくださってきたのですもの」

「やはり怖《こわ》がっていない……か。エメリーン、私は長いこと軍にいるから、怒鳴《どな》ってばかりで……しかめっ面《つら》だからか周囲に煙《けむ》たがられている。か弱い女性にかける言葉などわからない。これからも、期待しないでくれ」

閣下は最初に心配事はカミングアウトして、憂《うれ》いをなくすタイプのようだ。閣下が社交に出る暇《ひま》がなかったことくらいわかっている。私だって軟禁《なんきん》されていたから似たようなものだ。

「わかりました。ならば、私のことも出来の悪い部下と思ってくだされば結構です。どうぞ気楽にお話しください」

本当に閣下と婚約し結婚するのなら、閣下にご飯を食べさせてもらうということで、ならば部下みたいなものだ。軍の部下の皆様《みなさま》と違って役に立ちそうにないけれど。

そんなことを思い、自分にクスッと笑うと、閣下は覚悟《かくご》を決めたように一つ頷いた。

「そうだな……どう取り繕《つくろ》おうと……では単刀直入に言う。君は……私が君を国王陛下から押しつけられたと思っているんだろうが……実際は逆だ」

言ってる意味がまたわからなくなって、私は頭を横に少し傾《かたむ》けた。

「君の……〈祝福〉について、悪いのだが国王陛下に聞いている」

ひゅっと息を呑む。予想はしていたけれど、やはり私の〈祝福〉をあてにしているの？

ダメだ！　私に戦争勝利の責任など取れない。それに私を得たことで勝利を確信して戦地に立って、目の前のこのお方が命を失うことになったら？　閣下はこれまで何万という人を救ってきた。私の何倍も価値のある人がそんな目に遭っていいはずがない。

「閣下、私の〈祝福〉は本当に期待してはなりません。閣下もあの場におられたはず。コンラッド殿下の嘆《なげ》きを聞いたでしょう？　私の〈運〉は結局何ももたらさないのです」

「もたらさないのであれば、それでいい！　それだけでもいい！」

「であれば、ますます私である必要はないです！　閣下、悪いことは言いません、この縁《えん》組《ぐみ》をお断りください。私なんて閣下に相応しくありません。閣下から言い出せば、陛下もおそらく……」

「私が、陛下にエメリーンの話を聞いて、是非《ぜひ》にもと願い出たのだ。今回の戦果の褒賞《ほうしょう》として、是非エメリーン嬢を妻にと！　次の戦争のことなど頭に浮《う》かんだこともない」

「……どうして？」

英雄が褒賞として願えば、巷《ちまた》で国一番の美女と謳《うた》われる王家の血を引くご令嬢《れいじょう》も手に入ったはず。困惑《こんわく》する私をじっと見つめ、閣下はゆっくりと告げた。

「私の〈祝福〉は〈死〉だ」

その瞬間《しゅんかん》——時が止まったと思う。私はなんの言葉も出せず……唾《つば》を飲み込んだ。

〈死〉の〈祝福〉？　聞いたことがない。そんな〈祝福〉、ありなの？

身じろぐこともできず呆然《ぼうぜん》としていると、閣下は寂《さび》しげに笑った。

「私は……死神なんだよ。私の本当の両親は神殿での〈祝福の儀《ぎ》〉その日に私を捨てた。粗末《そまつ》に扱《あつか》うのも恐ろしいと神殿から国に報告され、陛下のとりなしで軍の将軍を務める公《こう》爵《しゃく》閣下の養子となった。父は豪気《ごうき》な人でね、私を実の息子と遜色《そんしょく》なく厳しくも温かく育ててくれた。そんな父を見て育ち、自然と家業ともいえる軍人になった。そうすることで父や兄たちに恩を返せると思った」

そばにいるだけで実親から死を招くと恐れられた？〈死〉を持っているから死を恐れないとでも思われた？　それとも相手に死をもたらす働きをすることが〈祝福〉だとか思わされた？　何もわかってない幼い子どもに？

こんな、わけわからん〈祝福〉ありえない。私といい勝負、いやそれ以上だ。

でも、閣下がそのわけわからん〈祝福〉に翻弄《ほんろう》され、利用され、飼い殺されていたことがたやすく想像できる。私と全く一緒《いっしょ》だから。いかにアラバスター公爵家の人間になったとはいえ、王家の意向には逆らえない。

「戦争に出れば、どんなに大怪我《けが》をしようとなんとか生還《せいかん》する。どうせ死ぬのだと捨て身のおかげなのか、死神の自分は死なぬものなのか。まあそのせいで顔も体も傷だらけで……部下はこの人相に震え上がる」

死神？　そんなバカなことを言う人がいるの？　死ぬほどの大怪我？　前世で刺《さ》されたあの痛みを、この人は何度も負いながら黙ってずっと耐えているの？

「さすがに結婚する相手に、己《おのれ》の〈祝福〉を隠《かく》すわけにはいかないだろう？　誰《だれ》が死神と呼ばれる男を夫に持ちたいと思う？　私は君ならば、君の〈運〉が王子の言うように何ももたらさない……私の〈死〉の影響も受けないのなら、それはそれで逆に素晴らしいと。さらに、もしかして君の〈運〉が働いて、私の〈死〉が中和されれば……最善だと……」

つまり、国一番強く大きなこの男性は、私を利用しようとしているということだ。でも、誰よりも確かに私を必要としている……切実に。だから怒る気になどならない。

「浅ましいだろう？　酷《こく》なことを言っている自覚はある。謝って済むものなら何度でも謝ろう。ひょっとしたら私の〈祝福〉が君に悪影響《あくえいきょう》を及《およ》ぼす恐れもある。その時や、一定期間が過ぎたら君の気持ちに沿う判断を下そう。君をいつまでも無理やりに縛《しば》り続けようというつもりはないんだ。でも私は……この先君と二人三脚《ににんさんきゃく》で生きていければと願っている。とにかく、二週間後私は退役《たいえき》し、東の守護のため辺境伯《へんきょうはく》となるべく旅立つ。君も帯同だ。準備しておくように」

ぶっきらぼうにそう言い放った閣下は、なんと不器用で……なんて誠実な性分《しょうぶん》なのだろう。閣下は私ごときに苦しい事情をここまでせきららに語らなくてもよい立場なのだ。でも、婚約するからには正直であることが誠意だと思ったのだろう。あとあと他人から聞かされるくらいなら、自分が最初に伝えたほうが齟齬《そご》がないし、憎《にく》みたければ自分だけを憎め、とでも考えている気がする。

ああ……そんな閣下の気持ちが、痛いほどわかってしまう。まるで鏡を見ているように。きっと私と同じく望まぬ〈祝福持ち〉のせいで、他人に勝手な印象を植えつけられ、人生を翻弄され続けた結果、すっかり投げやりになってしまっているのだ。もはや人の思惑どおりに流されながらしか生きていけないという諦観《ていかん》が、言葉の端々《はしばし》から窺《うかが》えた。

しかし、そんな閣下が行動を起こし、私を手に入れようとしている。それは本流からあがいたということでは？　臆病《おくびょう》な私にできなかった勇気を感じ、胸にジンと沁《し》みる。

閣下はひととおり話し終えると、卑屈《ひくつ》に笑った。今度は私が……真剣《しんけん》に返事をする番だ。

閣下は私の〈運〉で形勢逆転を願っている。どうせキズモノになって行き場のなくなった人生だ。この婚約に、乗ってみたっていいんじゃない？

この時点ですっかり同志の気持ちが湧《わ》き起こってしまったし。私をそばに置くことで、閣下に少しでも平安が訪《おとず》れるのなら、助けになりたい。

それに残念ながら思惑どおりにいかなかったとしても、行動したという事実が大事だとチハルの記憶が言っている。というか、動かなかったら後悔《こうかい》するのが目に見えているよね。

腹が決まった。前世でしていたように、目の前の苦しんでいる人にかける言葉を経験の中から慎重《しんちょう》に探《さぐ》り出し、感情的に聞こえないように努めて口を開いた。

「閣下、ご存じですか？」

「……なんだ」

俯《うつむ》いていた閣下が無表情に顔を上げた。

「〈死〉だけが、男も女も、王も奴隷《どれい》も、金持ちにも貧乏人《びんぼうにん》にも、差別なく訪れる、平等なのです」

前世、祖父の葬儀《そうぎ》で僧侶《そうりょ》がそう言って遺族の私たちを慰《なぐさ》めた。誰もが持つ定めだと。

「………………」

「ゆえに、閣下の〈祝福〉は至って平凡です」

私があえて淡々《たんたん》とそう伝えると、閣下は目を大きく見開いた。

そして目を閉じて、眉間を指先で押さえ数秒……再び私を見た時、閣下の紅い瞳は少し潤《うる》んでいて、ギラリと光った。

先ほどまでの未来を諦《あきら》めていた目とは大違いだ。閣下は死神ではない。生きている。

「私……いや、俺のことはランスと呼んでくれ」

真っすぐな、生気に満ちた視線で射抜《いぬ》かれた。その迫力《はくりょく》に、武者震《むしゃぶる》いする。

「では私のことはエム、と」

ランス様が私に手を差し出した。私は自らの意思でその手を取り、握手した。ランス様の手は硬く、傷だらけだったけれど、誰よりもふわりと優しい握り方だった。

私とランス様は国王陛下によって、電光石火で婚約させられた。

この国で結婚するためには婚約期間を最低一カ月設ける規則になっている。それは重《じゅう》婚《こん》といったトラブルを避けるためだ。

陛下は一日でも早く私たちを結婚させたいために、ひいては婚約も急がせたのだ。この結婚は複雑な事情が絡《から》み合っているものの、結局は王命。粛々《しゅくしゅく》と受け入れるだけだ。

ランス様はこのたび陛下の騎士も、国中の兵士を統率《とうそつ》する組織である軍も退き、お父上の持つ爵位《しゃくい》を一つ譲《ゆず》りうけ、キアラリー辺境伯となる。辺境という土地に隙《すき》を作るわけにはいかず、私は婚約状態のままランス様と一緒に旅立つことになっている。

あまりの時間の短さに嫁入《よめい》り準備ができないと父が言うと、ランス様は身一つで来ればいいとこともなげにおっしゃった。持参金すらいらないと。

それほどお金持ちなのだろうか？　と思い、王都にいる間に婚約者様の情報収集をしようと思ったら、案外身近にランス様のことを教えてくれる人間がいた。弟のサムだ。

私とランス様の婚約を聞き、貴族学校の寮《りょう》から慌てて屋敷《やしき》に戻ってきた。

「殿下の婚約破棄は本当に許せないけど、結果、閣下と婚約ならば、姉さん大当たりだよ！　やったね。いずれ閣下の弟になれるなんて最高！」

サムは以前からランス様に心酔《しんすい》しており、大人の思惑や〈祝福〉抜《ぬ》きで、純粋《じゅんすい》に大喜びしている。そんなサムを見て、なんだか救われた。

サムの話では、ランス様は生まれて直《す》ぐに潜在能力を認められ、その当時の軍の将軍であったアラバスター公爵の養子になった。この養子は実子と何一つ変わらない正式なもので、彼は公爵家の第三子だ。

ついでに言えば、アラバスター公爵家は先代（ランス様から見たらおじい様）が王弟で、ランス様のお父上である現公爵は国王陛下の従兄弟《いとこ》である。

そんな由緒《ゆいしょ》正しくかつ二代前の将軍であったお父上の英才教育を受けて、ランス様は見る見るうちに武術の頭角をあらわす。魔法は火魔法を自分の手足のように使いこなすが、戦闘《せんとう》は武術がメイン。

十四歳でお父上と共に立った初陣《ういじん》で勝利を収め、その後も少数精鋭《せいえい》の部隊で先頭に立ち続ける。危《あや》うき場面にこそ投入され、部下を一人も減らすことなく帰ってくる。勝率八割。

そしてこの二年にわたる激しい戦いの中、前将軍が倒《たお》れ、彼があとを継《つ》いだ。圧倒的《あっとうてき》に数が負けている場面で奇策《きさく》を以《も》って激戦を制し、我が国が敵国の下僕《げぼく》になるのをギリギリで防いだ英雄。

これからも辺境伯という立場で、東の脅威《きょうい》を水際《みずぎわ》で防ぎ国を守る予定。ちなみに公爵家から譲られた爵位は伯爵位だったが、辺境を任されたことで辺境伯となった。辺境伯は侯爵《こうしゃく》と同格だ。

彼の公式の経歴はこんな感じだ。〈祝福〉云々《うんぬん》は秘密だから、ぼかすとこういう表現になるのだろう。

初陣十四歳って……前世的に言えば中二だ。あどけなさの残っていたかつての教え子たちを思い出す。

中二でおかしな〈死〉を背負い、大人の思惑で戦場に行かされたのか。今の逞《たくま》しいランス様から少年の頃《ころ》を想像するのは難しいけれど……生きていてくれてよかった。

ランス様は私より五歳年上の二十三歳。まだまだ若い。これから、たくさん楽しいことがあればいい。

などと思いながら、少しずつ思い出している〈ホンキミ〉のシナリオと比較《ひかく》する。

ランスロットとセルビアは、確かヨシオカちゃん曰《いわ》く、巻が進むと戦没者慰霊碑《せんぼつしゃいれいひ》の前で出会うらしい。多くの戦友を喪《うしな》い、自分だけ生き残ってしまったとうなだれるランスロットにセルビアはそっと寄《よ》り添《そ》い、彼の心の傷を癒《いや》す。

　それをきっかけにランスロットはセルビアを好ましく思うようになるのだが、それに気がついたアラバスター公爵家がセルビアをランスロットの嫁にしようと画策し、セルビアとコンラッド殿下の純愛の障壁《しょうへき》になり……つまりランスロットは当て馬役だ。

　ご多分に漏《も》れずランスロットは愛する人を苦しませたくないと身を引き、セルビアとコンラッド殿下の危機は去る。

　そのあとは二人を将軍っていう力をもって支えていくんじゃないかな？　とヨシオカちゃんは推測していた。あのマンガは次々と新しいイケメンが登場して騒動を引き起こしつつのメインカップル固定ジャンルだから、ランスロットはさっさとお払い箱だろうと。

　さて、この現実世界では、セルビアとランス様はすでに出会ってしまった。

　しかし舞台は戦没者慰霊碑ではなく王宮の廊下《ろうか》で、マントの中で聞く限りでは、ランス様がセルビアに恋《こい》に落ちたようには感じられなかった。

　……つまりランス様と私は〈ホンキミ〉のシナリオからは外れたと、出番は終わったと思っていいだろう。いや、そうであってほしい。

「でもさ、閣下が素晴らしいほど、姉さんが苦労することになるってわかってる？」

　記憶の奥深《おくふか》くを探っていた私を、サムが現実に引き戻した。

「どういうこと？」

「やっかみだよ。閣下は英雄で貴族のトップであるアラバスター公爵家の出だよ。かたやうちはこれといった特色のない伯爵家。またもや格差がありすぎる」

「でも、そんなの私たちに言われたって困るよね。結局前回も今回も婚約は王命なのよ？」

「傍《はた》からは王命なんてわからないでしょ。それに、これまで閣下はこう言っちゃなんだけど、貴族の女性からは、血なまぐさいってことで人気がなかった。近衛《このえ》はかっこいいけれど前線に出てる騎士は野蛮《やばん》って感じに思われてて？　顔の傷も大げさに噂《うわさ》になってたし、死神騎士って呼ばれているしね」

「……ちょっと待って。前線で戦っている皆様がいるからこそ、安心して生活できているのに、野蛮ってどういう神経しているの？」

「僕に言わないでよ。お上品な王都の淑女《しゅくじょ》の皆様のお考えなんだから。でも姉さんと婚約したことで、よくよく考えれば優良物件だった、バルト家の格で結婚できるなら、うちが手を上げればよかったって思うんだ」

「本当だとしたら、うちだけでなくランス様にも随分《ずいぶん》と失礼ね」

「本当だって。父様の書斎《しょさい》に行ってみなよ」

そう言われて父のもとに行けば、サムの言うとおり木箱二つ分、怪《あや》しい手紙とプレゼントが積んであった。うんざりした顔の父に、見せてもらっていいかと問うと、

「エム、見ても気持ちのいいものじゃないぞ。外で開封《かいふう》しなさい。探知の魔道具《まどうぐ》でのチェックを漏らさないように」

父はそう言って引き出しから、前世風に言えば透明《とうめい》のビー玉のようなものを取り出して私に投げた。私は慌てて両手でキャッチして、使用人に木箱を庭に運んでもらった。

「さて」

私は庭の木陰《こかげ》にあるテーブルセットに落ち着いて、手紙を一通取り出し、その上に先ほどのビー玉を置く。すると赤に色が変わった。

この魔道具は私の四代前のご先祖様が制作したものだ。おそらく〈開発〉とかそういった〈祝福持ち〉だったのだろう。その才によって大儲《おおもう》けする道もあったはずだが、後ろ盾《うしろだて》のない伯爵家が派手なことをすれば潰されるとわかっていたので、一族が地味に、平和に過ごすための道具作りに特化し、今でも子孫を助けてくれる。

「最初っから危険物？」

ビー玉が赤く変わるのは「警戒《けいかい》せよ」の意味だ。刃物《はもの》や呪《のろ》いが仕込まれているのかもしれない。

「もう嫌《いや》」

「何が嫌なんだ？」

顔を上げると軍服の上着を腕《うで》にかけ、シャツ姿のランス様が立っていた。仕事帰りに立ち寄ったようだ。こうして格上の婚約者が先触《さきぶ》れなしにやってくることにも慣れてしまった。きっと予定は立てられないけれど、少しでも顔を出すことで、真剣にこの婚約を考えていると伝えたいという善意だろう。

テーブルの上の手紙に目を落とし、私をチラリと見る。私が右手でどうぞとジェスチャーすると、ランス様は一通掴んで封《ふう》を切り、便せんに目を通した。

「……伯爵家の分際で公爵家と婚約とは、なんと身のほど知らずな、か。こんな嫌がらせを受けていたとは。早急《さっきゅう》に対処しよう」

「ランス様、火に油を注ぐことになりますのでほっといてください。皆様ランス様が好きだから、やっかまれるのは仕方ないことです」

いわゆる有名税というやつだ。大人しく話題が下火になるのを待つしかないと思う。

「エム、前にも言ったが私は女性から怯《おび》えられている。好かれているなどありえない」

「それにしてはこの贈《おく》り物《もの》の量は尋常《じんじょう》じゃないですよ。モテる婚約者を持つとこんな事態になるのですね」

私としてはちょっと冗談《じょうだん》を言って場を軽くしたかったのだが、ランス様は愕然《がくぜん》とした顔になった。

「俺は全くモテないし、今後万が一粉をかけられることがあっても、エムがいるのに不誠実なことはしない。俺はエム一筋だ。この剣に誓《ちか》ってもいい！」

「え？　そんな簡単に誓っちゃだめですよ」

軍を束ねる将軍が騎士の誓いをするのは国王だけでは？　それにしても、ランス様は随分と真面目な性格のようだ。

「ランス様は本当は俺、なのですね。私が相手の時は気安い言葉で大丈夫《だいじょうぶ》です」

私がビー玉を使って危険物をよりわけながらそう言うと、ランス様はため息をついた。

「荒《あら》くれ者《もの》をまとめるにはお上品な言葉など使ってられなくて。そう言ってもらえると助かる。でも不愉快《ふゆかい》な時はすぐに言ってくれ。エムに嫌《きら》われたくは……妻とは良《い》い関係を作っていきたいんだ」

「はい！」

いくら契約《けいやく》の相手でも、婚約者という立場を尊重するために、信頼《しんらい》関係を一つずつ確認しながら作っていこうという姿勢が嬉《うれ》しくて、笑って返事をした。するとランス様はなぜか息を呑んだ。

「……ところで、早めに仕事が終わったから一緒に出かけようと思って来たんだ。差し出し人が書いてないものは全て燃やしてしまえ」

確かに、これまでのところまともな手紙には全て名前が書いてあった。

「でも、呪いのアイテムなどが入っているかもしれません」

「俺に呪いは効かない」

「は？」

何度も戦いに出るうちに気がついたそうだ。これはランス様の例の〈祝福〉に関連するの？　ただの慣れ？　誰にもわからない。

結局ランス様は我が家の庭の隅《すみ》にそれらをうずたかく積み上げ、手のひらからゴオッと炎を出し、燃えカスも出ないほどの高温で焼き尽くした。

「ランス様！　すごいーー！」

私は初めて見た、ザ・魔法に両手を握りしめて感動した！　屋敷で軟禁状態だったために、ここまで鮮《あざ》やかな魔法を見る機会などなかったのだ。

前世と違ってこの世界には魔法や呪いが存在する。しかし文明の進化によってそれらはゆっくりと衰退《すいたい》し、今では魔法を使える人間は五人に一人くらいだろうか？　さらにここまでの威力《いりょく》で制御《せいぎょ》できる人など、国に数人だろう。

ちなみに使える魔法は〈祝福〉と何かしら縁《えん》のあるものと言われている。

ランス様の手のひらを背伸《せの》びしてじっくりと見つめる。ミラクルだ。

「なんでこの手から火が出るんでしょう……大きくて厚いからかしら」

などとあれこれ検証していると、不意に〈ホンキミ〉の記憶が蘇った。

私《エメリーン》にも一つだけ使える魔法があった……。勘《かん》だけど、この現実でもおそらく使える。

私の魔法の存在は、まだ王家にも誰にもバレていない。いずれどこかで慎重に試《ため》してみなくては……これは私の生き残りの切り札になる。

そんなことを考えていると、ランス様の大きな手のひらが、そっと私の頭を撫でた。ハーフアップに結《ゆ》っている赤いリボンにもそっと触《ふ》れる。一応ランス様の色を取り入れてみようと、彼の髪色と似た色合いのものを探して購入《こうにゅう》したのだ。

「怒りに任せてまああの業火《ごうか》だったが……エムは本当に俺の何を見ても怖がらないな」

火はもちろん怖いけれど、ランス様が完璧《かんぺき》に操《あやつ》る火が危険なはずがない。それに……。

「本当に怖いことを知っているからでしょうか？」

つい、ここではない遠い、記憶の彼方《かなた》を見つめてそう言った。

「たとえば？」

「……子どもをアザができるほど殴《なぐ》る親、とか？」

「……なるほど」

それから私はランス様にエスコートされ、公園に連れていってもらった。私たちはまだ探り探りで会話が弾《はず》むということはないけれど、沈黙《ちんもく》も気詰《きづ》まりなものではなく、穏やかな時間を過ごせた。

ランスロット・アラバスター将軍閣下は軍を退役すると同時に新しく辺境伯位を継承《けいしょう》し、東の辺境である新天地キアラリー領に赴くことが正式に認証《にんしょう》された。ランス様はランスロット・キアラリー辺境伯になった。

そしてキアラリー辺境伯夫人《ふじん》となる予定の私も最初から帯同する。一緒に領地に入ったほうが馴染《なじ》みやすいだろうという理由だ。

本音では新たな領地は遠く、そこを不在にしてそう簡単に私を迎《むか》えに来られない立場であることと、一分一秒でも早く私の〈祝福〉で、ランス様の〈祝福〉を少しでも中和してほしいといったところだろう。

お役に立てるか微妙《びみょう》だけれど、ランス様がそう信じていらっしゃるのなら応えよう。信じる者は救われると前世の格言にもあった。

時間がない、勅命《ちょくめい》だったから！　を理由に王族や貴族の間では慣例となっている神殿での婚約式は行わなかった。

コンラッド殿下との婚約解消からあまりに時を置かない二度目の婚約は、しょせん快く祝ってもらえそうにない。それに私とランス様の婚約は一般《いっぱん》的な夢いっぱいのものではないし、そもそも私もランス様も微妙な〈祝福〉を持つ者同士、神殿で神に誓いを立てることに複雑な思いを持っている。だから問題ない。

ただ、儀式《ぎしき》を省くことに父は憤《いきどお》り母は泣いたので、その点だけ少し後悔した。そうしていると日にちが経《た》ち、私は一つ歳《とし》をとり十八歳になった。旅立ちにいい年齢《ねんれい》だと思う。

キアラリー領に向かう前夜、父と向かい合った。

「エム……この婚姻《こんいん》、本当に納得しているのか？　こんな……王子でダメなら次、というやり方を！」

父が膝の上に置いた拳を震わせている。父は感情を表に出さず、一見上からの力にイエスマンに見えるけれど、本当は誰よりも家族を思い、自分に対して不甲斐ないと腹を立てている。私が生まれてからずっと葛藤《かっとう》の中にいる父を私は当然愛している。

私だって王家のやり方には全く納得していない。でも……。

「ランス様も……ご自身の〈祝福〉の被害者なのです」

この程度なら話してもいいだろう。父は誰にも漏らさない。

私の言葉に父は大きく目を見張り、背もたれにドッと背を預けた。

「そうなのか……あれほどの恵《めぐ》まれた才覚を持ちながら……そういうことか……」

「私、ランス様が〈祝福〉から自由になるまでは、同志として支えてみようと思います」

私たちは、私の〈運〉という〈祝福〉を利用したい、王命の契約結婚だ。しかし、ランス様の立場には大いに同情するし、私の〈祝福〉はひょっとしたらランス様の〈祝福〉を軽減できるかもしれない。

それが無理だとしても、私は前世の記憶があることもあってランス様の〈死〉に怯えない。自分の〈祝福〉を包み隠さず話せる人間がそばにいることは、少しでもランス様の気持ちを軽くできるのではないだろうか？

「〈祝福〉から自由になど、なるのか？」

ランス様の〈死〉も、いつかランス様が恋をして、その相手が〈死〉が誰もに共通する普通のことであると理解してくれれば克服《こくふく》されて、私はお役御免《ごめん》だろう。

「私は、その時こそ入信する予定です」

私は父に伝えるために言葉にする作業を通じて、自分のこれからの道筋を決めた。

全てを聞いた父は、なぜか眉間に皺を寄せ、首をひねりながら手元のウイスキーを一口飲んだ。

「ばかな……。男の目で見れば、甘いぞエム。将軍まで上《のぼ》り詰めた男がたやすく自分のものを手放すわけがない」

「お父様、閣下はやむなく私を手に入れたのですよ？」

「……そうは見えんが……まあいい。困ったことがあればいつでも、ここでも神殿にでも戻るがいい。私が死んでもサムにきちんと申し送る」

「ありがとう。お父様」

でも、未来に何が起こるかはわからない。このバルト伯爵家に戻れないことも考えて、自立できる力も手に入れるべきだろう。そう思い、父に見えないテーブルの下で、ぎゅっと拳を握りしめた。


「エムの荷物はそれだけなのか？」

出発の朝、私の例のトランクケースを見て、旅装姿のランス様が首を傾《かし》げた。

「足りないものは、あちらで揃えます」

国王陛下が公《おおやけ》のものと別に慰謝料《いしゃりょう》という裏金をくださった。ありがたくいただき、父はそれを全額私に持たせた。散財する予定はないけれど、不穏《ふおん》な私とランス様の未来に保険は多いに越《こ》したことはない。

ちなみにその多額の現金と宝石は、我が家の家宝であるマジックバッグに入っている。無限収納かつバルト家の血族しか使えない代物《しろもの》。これもビー玉のご先祖様の発明品だ。いずれサムの子どもに伝えると決めて、お借りした。

「それだけならば……馬で行くか。そのほうが断然早く辿《たど》り着《つ》く」

ランス様は簡素なベージュのドレス姿の私をひょいっと片方の腕で持ち上げ、縦抱きにする。アラバスター公爵家の紋章《もんしょう》が扉《とびら》に入った重厚《じゅうこう》な馬車を素通《すどお》りし、大きく立派な黒馬のあぶみに足を引っかけてひらりと乗った。

「きゃあ！」

ランス様は私のトランクを金髪《きんぱつ》の部下の男に投げて渡《わた》し、言い放つ。

「馬車は不要だった。返してくれ」

自分の左脚《ひだりあし》の上に私のお尻《しり》を乗せ横抱きにし、ご自身のマントを私ごと包み込むように前に回して肩で留《と》めた。左手を私の腰に回し、ガッチリ支える。

「ランスロット様！　ご令嬢が馬での旅など無理です。どれだけ遠いかわかってますか！」

そう言いながらも、金髪の方は私のトランクを栗毛《くりげ》の馬に括《くく》りつけてくれている。

「急がねば隙を作る。無理な時は宿を取る。エム、このうるさいのが俺の副官でダグラスだ。そして、後ろのメガネがロニー、茶色の長髪《ちょうはつ》がワイアット、この三人が俺の側近だ」

今回の旅は総勢この五名のようだ。

「ダグラス様、ロニー様、ワイアット様、エメリーンと申します。至らないところばかりですが、よろしくお願いいたします」

「よろしくお願いします」

と、美しい金髪を耳にかけ、灰色の瞳を伏《ふ》せるダグラス様。

「ご婚約おめでとうございます」

と、一応祝いを口にするメガネに黒髪のロニー様。

黙って頭を下げる茶色の髪が肩甲骨《けんこうこつ》に届く、大柄なワイアット様。

残念ながら、私はあまり好意を持たれていないようだ。まあ仕方ない。これはどう見ても足手まといだ。

「ランス様、あの、お急ぎの移動であれば、私など置いていってくださいませ。後ほど我が家の馬車でゆっくり追いかけます」

首を後ろにひねり、ランス様の顎《あご》に向かってそう言うと、上からギロリと睨《にら》まれた。

「だめだ。お義父上《ちちうえ》、エメリーンは私が命に代えても守りますのでご安心を。では！」

「あ、ああ」

「お父様、お母様、行ってまいります……きゃあ！」

生まれてからずっと王家によって閉じ込められ、私の世界の全てだった我が家が、あっという間に遠ざかった。

第二章　新天地への旅路

ランス様の黒馬は二人乗せているというのに驚《おどろ》くようなスピードで走る。私はランス様の服にしがみついていたが、しばらくすると少しずつ慣れて、すくめていた首を伸《の》ばし、周辺の景色を眺《なが》める余裕《よゆう》ができた。

いつの間にか王都を出て、街道《かいどう》を走っている。見回すと少し霞《かす》んだ青空で、両脇《りょうわき》に麦畑が広がっていた。

「まだ恐《おそ》ろしいか？」

ランス様が視線を進行方向に向けたまま、話しかけてきた。私も周囲の風景を眺めながら答える。

「あの、おしゃべりしてお邪魔《じゃま》になりませんか？」

ランス様が後ろでフッと笑った気配がした。

「ならない。ここは戦場ではないから」

「うるさかったら言ってくださいね。先ほどの質問ですが、少し怖《こわ》いです。馬上の視点がこれほど高くなるとは思わなかったので。それで、ランス様のこの馬、私まで乗せて重くて疲《つか》れてしまいませんか？」

「リングは普段《ふだん》、エムの三倍はある荷物を乗せて走っている。問題ない」

この立派な黒馬の名はリングらしい。

「リング、働きものなんですね。仲良くなりたい」

「馬が好きなのか？」

「馬に乗ること自体が初めてです。私……いろいろと制限された生活でしたので」

危険、と思われることは王家の命令でことごとく排除《はいじょ》された。街に出ることも、動物に触《ふ》れることも、火を扱《あつか》うことも。今考えるとちょっと神経質すぎだ。

「なので、あまりに世間知らずでご迷惑《めいわく》をおかけすると思います。はじめに謝っておきますね。申し訳ありません」

前世では一通りの経験をしているけど、それはそれ、だ。

「馬が初めて⁉　……そうか。どこか窮屈《きゅうくつ》だったり痛いところはないか？」

「いえ、今はワクワクしています。ですが、おそらくすぐに音をあげて休憩《きゅうけい》をねだると思います」

教師時代、林間学校で馬に乗った時は、二時間かそこらでお尻《しり》が痛くてたまらなくなったっけ。

「そうか。自分の限界を恥《は》ずかしがらず言えるのなら、エムは戦場でも生き抜《ぬ》いていけるぞ」

「まさか！」

貧弱《ひんじゃく》な私が戦場に出れば、秒速で死ぬ。可笑《おか》しくてハハハッと声をあげて笑った。その声に驚いたのか、ランス様が視線を私に落としていた。

チハルの記憶《きおく》が馴染《なじ》むにつれ、私の思考はこの世界には不相応に緩《ゆる》んでいく。そして閉じ込められていた家から飛び出し、王都を出たことの解放感が、私の口を軽くした。

失敗した？　まあいいや。もう深窓の令嬢《れいじょう》には戻《もど》れない。良くも悪くも私はキズモノなのだ。自由に振《ふ》るまったところで、すでに評判は落ちるところまで落ちている。

しかし、ランス様にだけは嫌《きら》われたくないので、様子を窺《うかが》ってみる。

「ランス様？　こんな話し方、不快ですか？」

「……いや、お互《たが》い様だ。かしこまった場でなければ遠慮《えんりょ》なく崩《くず》していい。辺境はお上品では生きていけないし、気を許してくれる感じがする。ふう、参ったな……」

ランス様が再び視線を遠方に戻す。

「ランス様、麦の穂《ほ》が青々として綺麗《きれい》ですね」

「……そうだな」

「ランス様はパンと麺類《めんるい》、どちらがお好きですか」

「ぷっ、なんだ、景色に感心していたと思ったら食い気か？」

「どっちも重要です！」

あっという間に畑も人の気配も通り過ぎ、ゴツゴツとした岩と赤土の荒野《こうや》に入った。

「エム、ここから先は当分見るところはない。しばらく休んでおけ」

「でも、ランス様は……」

「そのうち交代してもらうさ」

「えーっと？」

私がランス様を乗せて馬を駆《か》る日など来るのだろうか？　とにかくしばらく静かにしてろということだ。

ランス様が手綱《たづな》を私の腰《こし》にある左手に持《も》ち替《か》え、右手で私の頭を自分の胸に押しつけた。

「景色が変わったら起こしてやる。寝《ね》てくれ」

私は旅の素人《しろうと》。大人しく目を閉じる。

誰《だれ》かにこんな風にひっついて寝るなんて、いつぶりだろう。温かい。心臓の音が聞こえる。ランス様はきちんと生きている。

「おやすみなのですか？」

ランスロットの後ろにダグラスがつき、声をかけた。

「ああ」

「『戦鬼《せんき》』の懐《ふところ》で眠《ねむ》れるなんて……案外怖いもの知らずですね。信じられない……」

「騒《さわ》ぐな。起きる」

エメリーンが眠っているとわかり、ロニーも会話に加わる。

「確かにこの深い渓谷《けいこく》で起きて騒がれて、馬を動揺《どうよう》させたくないですね」

「閣下、ここを抜けたら彼女を乗せるのを代わります。お疲れでしょう」

前を進むワイアットが振り返りそう言うと、ランスロットの声は普段よりも低くなった。

「……間違《まちが》いが起こらぬように言っておく。エムは俺の妻になる唯一《ゆいいつ》の女だ。俺がいる時は、エムの居場所は俺のもとしかありえない。エムは俺の馬にしか乗せない。俺が抱《だ》いて乗せるのも、生涯《しょうがい》エムだけだ。よく覚えておけ」

「し、失礼しました！」

「閣下、それって本気ってこと……本物の結婚《けっこん》をされる気なのか……」

側近三人は、これまでの勝手な認識《にんしき》を改める必要に迫《せま》られた。


「エム、起きろ」

掠《かす》れた声と同時に腰をギュッと腕《うで》で締《し》められ、ゆっくりと目を開く。浅い眠りのはずが、しっかり寝てしまっていた。私、図太すぎじゃないだろうか？

「ランス様、私、よだれ垂らしてませんでしたか？」

「さあ？」

「変な寝言《ねごと》、言ってないですよね？」

「さあ？」

教えてよ！　ランス様はいじわるだ。

「あの赤い城塞《じょうさい》の町に今日は泊《と》まる」

遠くに人造物が見えてきた。しかし空を見上げれば、まだ日は高い。

「私が旅に不慣れなため、早めに切り上げるのですか？」

「それも理由の一つだが、今後のためにこの町の長と顔を合わせておきたいのと、領地にないものを買《か》い揃《そろ》えておきたいという理由のほうが大きい」

私は納得《なっとく》して頷《うなず》いた。ランス様は聞けば丁寧《ていねい》に教えてくれる。それが嬉《うれ》しい。コンラッド殿下《でんか》は質問してもいつも、私が知る必要はないと言い見下して……頭を横に振り、今更《いまさら》どうでもいい記憶を追いやった。

町に入り宿に到着《とうちゃく》すると、私とランス様は狭《せま》いけれど必要なものは全て揃っている掃《そう》除《じ》の行き届いたツインの部屋に通された。おそらくこの宿に一室だけの特別室だ。

婚約者《こんやくしゃ》の立場での同室は、うちの父が許しているならば問題なしとされている。でも、

「お部屋、私と一緒《いっしょ》でいいのですか？」

よく知らない私と一緒で休めるのだろうか？　一人のほうが疲れが取れるのでは？　私

は一般《いっぱん》用の狭い部屋でも問題ないのだけれど。

「……怖いのか？」

「……ひょっとして、ランス様を狙《ねら》う刺客《しかく》が来るってことですか⁉」

それともオバケのほう？

「いや……もういい。行ってくる」

「いってらっしゃーい！」

ランス様は慌《あわ》ただしくロニー様を連れて仕事に向かった。

彼が出かけたあと、コソコソと洗面に行ったり荷物を整理したりする。落ち着いたところで外に出ようとドアを開けると、目の前の廊下《ろうか》には帯剣《たいけん》して腕を組んだダグラス様が立っていた。

私の安全のため？　この町はそんなに物騒《ぶっそう》なの？　それとも私の見張り？　ランス様のいない間に愚《おろ》かなことをしないように……ありえる。

「どちらへ？」

ダグラス様が一歩前に出て尋《たず》ねる。この方も、ランス様ほどじゃないけれど大きい。

「受付の奥様に聞いて、ちょっと買い物してこようと思って」

「何をお求めですか？」

「洋服よ」

「失礼ですが、貴族のご令嬢の欲《ほ》しがる服などこの町にはありませんよ？」

大丈夫《だいじょうぶ》、欲しいものの目星はついているのだ。私は困り顔の彼をニコッと笑って安心させ、一階の受付に向かう。受付の奥さんは運良く一人だった。

「奥様、つかぬことをお聞きします」

「はーい！　なんでございましょうか？」

「後ろでお手伝いされている、息子《むすこ》さん？　のお洋服、どちらで売ってますか？」

先ほどから十歳くらいの男の子が、感心なことに大量のタオルを畳《たた》んでいるのだ。

「え、子ども服ですか？　それだったらここからね……歩いて五分かそこらですよ」

そう言いながら、何かの裏紙に地図を描《か》いてくれた。

「ご親切にありがとうございます」

地図を受け取りお辞儀《じぎ》して外に出ると、ダグラス様が肩越《かたご》しにその地図を覗《のぞ》いてきた。

「子ども服が入り用なのですか？」

「ええ、多分子ども服で十分なの。ダグラス様、近いからついてこなくても大丈夫よ？」

「閣下……いやキアラリー伯《はく》に、あなたから離《はな》れないように命令されております」

あらら、それは申し訳ない。

「ダグラス様、では参りましょう」

私が颯爽《さっそう》と歩き出すと、ダグラス様に腕を摑《つか》まれた。

「……逆です」

私、まさかの現世、方向音痴《おんち》説！

この世界は前世の封建《ほうけん》制のヨーロッパに似ている感じだ。電気はまだ発明されておらず、交通手段は大半が馬車。でも学校があったり、都市部は識字率もまあまあだったり、前世のレベルで見てもおしゃれな洋服があったりと、特に不自由さは感じない。

日本人が受け入れやすい設定の着地がこのあたりだったということだろうか？　ただ、ここのような地方は王都よりも一昔前、といった風情《ふぜい》で、それはそれで趣《おもむき》がある――などと街並みを眺めて考えながら歩く。

辿《たど》り着《つ》いたのは子ども用品があれこれ置いてある店で、私はいそいそと奥に進む。先ほどの男の子が着ていた服に似たものが数枚あった。カーキ色のパンツと白いシャツを手に取り、体に合わせてみる。

男子の服は女が着るとヒップが苦しい問題があるけれど、これならゆったりシルエットで穿《は》けそうだ。全く同じものを二枚ずつ手に取ると、ダグラス様が小さな声で尋ねてくる。

「あの、ひょっとしてご自分で着用されるおつもりですか？」

「はい」

「なぜ？」

「大人のものだと、きっと大きすぎるのよ」

私は前世も小柄《こがら》だったから、子ども服の一六〇サイズをたまに買っていた。案外おしゃれで、侮《あなど》れないのだ。

「いえ、なぜ、男物の子ども服が、入り用なのですか？」

「明日から馬に乗せてもらう時は、横座《よこずわ》りよりも跨《また》ったほうがいいと思うの」

「男乗りを……されるために？」

「リングに直接跨ったほうが、ランス様の両腕《りょううで》が空くでしょう？　パンツのほうが乗り下りも気を配らなくていいし。何よりずっとランス様の脚《あし》に座っているのが申し訳なくって……今頃《いまごろ》私の重さで脚が痺《しび》れているのではないかしら？」

「……ランスロット様にとってあなたの重みなど、虫が乗ってるくらいかと……」

例えるにしても虫なわけ？

カウンターに行き、チョビヒゲのチャーミングな店主のおじさんに商品を渡《わた》す。すると目の前には色とりどりのキャンディーが並んでいた。最後の最後まで何か売ろうとする手法は日本でもお馴染みだ。やるなおじさん！

「ダグラス様、ランス様はどんな味がお好みかしら？」

「え？　食べられれば、なんでも召《め》し上《あ》がります……」

「そう、喉《のど》が枯《か》れてらっしゃるからハチミツ入りにしようかな……」

私はキャンディーの袋《ふくろ》も数個カウンターに載《の》せて、巾着袋《きんちゃくぶくろ》からお金を取り出そうとすると、慌てた声で、ダグラス様が遮《さえぎ》った。

「ま、待て、代金は私が！」

「あ、ちゃんとお金、持ってますので大丈夫！」

なんと、これが私の初めてのおつかいなのだ。わくわくである。

「なんだなんだご亭主《ていしゅ》、随分《ずいぶん》と嫁《よめ》の尻に敷《し》かれてるなあ」

「亭主じゃない！」

「てへっ！」

「てへっ！　じゃない！」

初めての買い物は、店主とダグラス様と三人での笑いの零《こぼ》れる思い出になった。ちょっと運が向いてきた気がして、思わず笑顔《えがお》になった。

店を出て、夕焼けを眺めながらのんびりと宿へと歩いた。隣《となり》ではダグラス様がグッタリしている。私は今買った袋の中からキャンディーの袋を三つ出して、ダグラス様に渡した。

「これは？」

「プレゼントです。これからも埃《ほこり》っぽい道が続くのでしょう？　皆《みな》さんで舐《な》めながら走ってください。赤がリンゴ、黄色がレモン、橙《だいだい》がオレンジだそうです」

「我々に、ですか？」

ダグラス様は驚いた表情で私とキャンディーを交互《こうご》に眺める。なんて大げさな。そもそも自分の分しか買わないケチな女じゃないですからね。

彼は赤い袋を選び、一つ摘《つま》んで口に入れた。その様子を見守ってから、再び歩き出す。

「エメリーン様」

私は驚いた。ダグラス様に初めて名前を呼んでもらえたのだ。

「は、はい？」

「ランスロット様は……風邪《かぜ》で声が枯れているのではありません。戦場にて常に大声を、我々を鼓舞《こぶ》するために出しすぎたため、あのような声なのです」

「そうなの……それでハスキー……」

「はすき？　好き？」

「ああ、渋《しぶ》くてかっこいいって意味なの。そう、好きだわ。素敵《すてき》ねハスキー」

夜、ランス様はこの町の長にそのまま夕食をもてなされることになり、私は宿で一人、食事をとった。

夕食で出た豚肉《ぶたにく》のグリルは塩とスパイスがキリッと効いていて、噛《か》みしめるごとにどれだけこれまで味気ない健康食を王家に強《し》いられてきたんだと、じわじわと腹が立った。

それにうちの一家全員が付き合わされてきたのだからたまったもんじゃない。サムがなかなか寮《りょう》から戻らない理由がよくわかった。父も母もこれから思う存分味のついた料理を食べてほしい。

私が涙《なみだ》ぐみながらおいしいおいしいと騒いでいると、宿のシェフが絶妙《ぜつみょう》の配分で作ったスパイスソルトをひと瓶《びん》分けてくれた。きっとランス様効果だ。私はぺこぺことお辞儀してありがたく受け取った。ちゃんとボスに報告しますから。

お腹《なか》いっぱいになると、ダグラス様におやすみなさいと挨拶《あいさつ》し、部屋に戻って明日の準備をして、とっとと窓側のベッドに入った。昼間たっぷり馬上で寝たから眠れないかなと思ったけれど、三秒で寝て、夢も見なかった。

健康的な生活を強いられてきた習慣どおり、朝五時過ぎに目を覚ますと、隣のベッドにランス様がすでに腰かけていた。私より早いとは！

「ランス様、おかえりなさい。そしておはようございます」

ランス様の目はただでさえ紅《あか》いのに、さらにばっちり充血《じゅうけつ》している。ちょっと恐怖《きょうふ》だ。

「えーっと昨夜は遅《おそ》かったのですか？　会合は上首尾《じょうしゅび》に終わりまして？」

「ああ……」

「あまり、眠ってないご様子、出発を少し後ろにずらしてはいかがでしょうか？」

なぜかランス様が私を睨《にら》みつけた。

「……眠れていないのは……エムがあまりに無防備すぎるからだ。婚約しているとはいえ半月前まで知りもしなかった男だぞ？　もちろん俺は不埒《ふらち》なことをするつもりもないしあっちのソファーで寝たが、俺と宿泊時《しゅくはく》のルールについて話し合うとか……」

「無防備！　まさか敵襲《てきしゅう》があったのですか？　だからそんなにランス様はお疲れで……私、そうとも知らず熟睡《じゅくすい》してしまって、申し訳ありません！」

思わずランス様の言葉を遮り、寝間着《ねまき》姿のままベッドで正座して手をつき頭を下げた。

現世で初土下座である。

しばしの沈黙《ちんもく》のあと、はあ〜と大きなため息が聞こえ、トントンと私の肩《かた》が叩《たた》かれた。

おずおずと顔を上げる。

「もういい。朝食をとったら出発しよう。はあ……そうだな、こんな俺と同室を怖がらず、すやすや寝てくれるだけで上々か……いや、俺が意識しすぎなのか？」

頭を抱《かか》えるランス様をしりめに衝立《ついたて》の奥に移動して、私は昨日買った少年用の洋服に着《き》替《が》えた。なんと、パンツ丈《たけ》が長くて裾《すそ》を折り上げなければならず、ちょっと凹《へこ》む。

黒髪《くろかみ》も邪魔にならないようにきっちりと三つ編みにしたあと、お団子にして襟足《えりあし》で留《と》めた。すると、ランス様が眉間《みけん》に皺《しわ》を寄せて、自分の荷物から布を取り出し、私の首にグルグルと巻いた。しまった！

「急所がガラ空きということですね！　もう、ご面倒《めんどう》ばかりかけて申し訳ありません！」

「いや、首元があまりに無防備だ。喉を冷やすとこの時季は風邪を……」

「やっぱり無防備！」

「……もういい」

私だってランス様の軍事用語？　はわからない。一応妻になるのだからこれから勉強しなくては。

宿の皆様《みなさま》にご挨拶をしたあと、綺麗にブラッシングされたリングのもとに向かう。

「おはようリング。今日もよろしくお願いね」

鼻筋をそっと撫《な》でると、リングはブルルッと唸《うな》って、ベロリと顔を舐められた。「うはっ」という令嬢らしからぬ悲鳴に、馬担当のワイアット様がこちらに振り向き声をかける。

「だ、大丈夫ですか？」

「大丈夫大丈夫！　仲良くしてくれて嬉しいわ」

ちょっと馬臭《くさ》いけど。持っているハンカチで顔を拭《ふ》く。そして、馬に乗るためにあぶみに足をかけようとして……。

「あ――！」

「エム、どうした⁉」

慌ててランス様が駆《か》け寄《よ》ってきた。先ほどからお騒がせしてすみません。

「靴《くつ》を買うの、忘れてました……」

なんて詰《つ》めの甘い……こんなハイヒールで乗れるわけがない。昨日のお店に運動靴《ぐつ》みたいなものがいっぱい並んでいたのに。

「……エム、昨日の買い物のことは聞いた。靴は今度、俺に買わせてくれ」

「え、ただのぺったんこの安いやつだから自分で……」

「ぺったんこだろうが、トンがったやつだろうがエムの靴を買うのは今後俺の仕事だ！いいな」

あまりの気迫《きはく》に、私は真面目な顔でコクコクと頷いた。

従順な私にランス様は満足すると、私を左手で抱き上げ、ひらりとリングに飛び乗った。私だって女子の端《はし》くれ。ちょっとときめくのはしょうがないと思う。

彼はゴソゴソと馬に跨った私を自分のベストポジションに合わせ、昨日同様、上から私ごとマントを巻きつけ、私の腰をホールドした。

「雪がとけたとはいえ、朝はまだ、寒いからな」

私の脚はリングの太い胴回《どうまわ》りの横でプラプラとぶら下がる。そんな私をランス様の筋肉質の太い脚が挟《はさ》み込む。この脚の上に、私は昨日、七時間近く乗っていたのだ。

「昨日は私、重かったでしょう？」

と聞けば、なぜか部下の皆様が怪訝《けげん》な顔をした。

「重い？　エメリーン様が？　一体部屋で何をさせたんだ？」

「閣下、正式に婚姻《こんいん》するまで自重してください」

「いや、重いのは閣下の感情だろ？」

というワイアット様、ロニー様、ダグラス様の会話をところどころ耳が拾う。

「神に誓《ちか》って何もしていないっ！　重くもない！」

仲良しの部下の皆様に、ランス様は声を張りあげた。この言い方……部下の手前、気を使ってくれているが、やはり重かったのだ。申し訳なさすぎる。

一行は城壁《じょうへき》を出て街道を駆け抜ける。ランス様に手綱を一緒に持たせてもらって、馬の乗り方初級編の指導のスタートだ。リングはいい子で、つい私が引っ張りすぎても怒《おこ》らない。でも一人でリングに乗るのは無理だ。せめてあぶみに足が届く大きさの馬じゃないと。

お尻にダイレクトにリングの振動《しんどう》が響《ひび》く。ランス様は華麗《かれい》に手綱をさばき、リングが疲れない道を選んで走らせる。何もかもが新鮮《しんせん》だ。

乗馬を楽しみながら進むこと二時間。私は思ったとおり音をあげた。

「ランス様、お尻が痛くなりました……」

ランス様は左眉《まゆ》を上げると手綱を引いて馬を止め、ヒョイッと私を横抱きにし、何事もなかったように走り出した。元《もと》の木阿弥《もくあみ》……。

「初日にしては、まあまあ頑張《がんば》ったほうだ」

ランス様は私の背中をポンポンと叩いて労《いたわ》ってくれるけれど、自分の軟弱《なんじゃく》加減にイライラする。

「これでは、せっかく服を買った意味がありません」

「エムがパンツ姿だと、抱きかかえる時に周りに気を払《はら》わないで済む。エムの脚を他の男の目に晒《さら》すなどありえない。だから、いい買い物だ。意味はあった」

よくわからないけれど慰《なぐさ》められたようだ。そうだ、昨日の買い物といえば！　私はポケットからゴソゴソとキャンディーの袋を取り出し、一つ摘んだ。

「ランス様、口を開けて？」

ランス様が何事かと視線を下げ私の手元を見て、納得したように口を開けた。私はポイッとその中に放り込んだ。もう一個取り出して自分の口にも入れる。優《やさ》しいハチミツ味が口いっぱいに広がる。

「あまーい」

「ああ……甘いな」

ランス様の私の腰に回っている腕がギュッと締まる。自然と体が傾《かたむ》き、ランス様の胸に倒《たお》れる。

「初めての乗馬のレッスン、緊張《きんちょう》して疲れたはずだ。しばらく寝てろ」

「はーい」

キャンディーを舐めたまま寝ると虫歯になりそうだと思ったものの、先生に逆らわずに寝た。

「エムは俺に甘すぎる……」

頭上からランス様の声が降ってきたけれど、すでにまどろむ私には聞き取れなかった。

ランス様の部下の三人は、旅の間、一人は遠く前方を走り、私たちがこれから進むべき道の安全を確認《かくにん》してくれている。次の一人は私たちの斜《なな》め後方に控《ひか》え、主《あるじ》の呼びかけに応じる。最後の一人は後方を守ってくれている。ダグラス様、ロニー様、ワイアット様がローテーションでその任に就《つ》く。

馬車で十日と言われていた旅だったが、どうやら六日で領地に到着しそうだ。それもこれも皆様の卓越《たくえつ》した乗馬術と、鉄壁《てっぺき》の守りと、私のお尻を犠牲《ぎせい》にしたからに他ならない。

私のお尻の皮は、乗馬レッスン三日目で剝《む》けた。ダンスのレッスンで捻挫《ねんざ》した時の三倍は痛かった。上司であるランス様にキチンと報告し、私は安定の横抱きスタイルに戻った。

旅も五日目となり、景色は乾燥《かんそう》した大地から森林地帯に入った。ランス様が東の辺境、我々のこれからのすみかについて道すがら教えてくれる。

その土地は深い森に囲まれていて、奥に隣国《りんごく》がある。隣国からの人間が忍《しの》び込みやすく、それゆえに小競《こぜ》り合いは日常《にちじょう》茶飯事《さはんじ》。また、森に潜《ひそ》む動物も多種多様で、凶暴《きょうぼう》なクマなどが出ると、その討伐《とうばつ》にも行かなければならない。

「俺は任務で何度も行ったことがあるが、領主として赴《おもむ》くのはこれが初めてだ。前領主のカリーノ伯はその半分は討伐で不在だった。まあ退屈《たいくつ》はしないだろう」

カリーノ領は、このたびの領主交代によって名前がキアラリー領に変更《へんこう》された。公爵《こうしゃく》家《け》所有のキアラリー伯爵《はくしゃく》位を継《つ》いだランス様の名前を変えるわけにはいかなかったのだ。

「なぜカリーノ伯爵は領地を返上されたのでしょう？」

「ご自身が戦えなくなり、跡取《あとと》りに恵《めぐ》まれなかったため潔《いさぎよ》く引いた、と聞いている」

戦える領主でなければ生きていけない厳しい土地なのだ。いつの間にか緩んでいた気持ちが引き締まる。

「しかし、深い森があるということは、森の恵みも多いということ。いつもたくさんのご馳走《ちそう》を用意してくださっていたぞ」

食べ物で釣《つ》ろうとするランス様。私の弱点をすでに把握《はあく》している。さすが元将軍閣下だ。

「城は前領主の使用人のうち、その地に残りたがった者をそのまま雇《やと》っている。そして、軍で指揮していた当時の部下が俺のあとを追って退職し、私兵としてついてきた。ダグラスたちと一緒だ。そいつらが四、五十いるかな。自分たちの家を見つけるまで、城にいる」

　思った以上に大所帯のようだ。

「ランス様は慕《した》われておいでですね」

「……困っている。勝手に神格化されて」

〈死〉という〈祝福〉のもと、死神の役割を与《あた》えられ、ガムシャラに働いてきたら、今度は英雄《えいゆう》と崇《あが》められ……確かに己《おのれ》の立ち位置を見失いそうだ。

「それは困りましたね……」

「……そうだろう？」

　私は深く同情し、ウンウンと頷く。

「とりあえず、ただの領主様の役を演じてみてはどうでしょう？」

「ただの領主？」

「はい、領主としてはランス様はまだ一年生なのですから。で、私は結婚後はただの領主の妻を演じます」

　新しい土地には幸いにも、ランス様と私の〈祝福〉を知る者はいないはず。ランス様はしばし〈死〉を忘れてもいいのではないだろうか？

「ただの領主とただの妻か……」

「領主業、頑張ってくださいませ。私もささやかですが手伝います」

王都から離れ、しがらみから離れ、ランス様が少しでも穏《おだ》やかに過ごせますように。

前方から蹄《ひづめ》の音が聞こえてきた。ランス様が馬を止め、ギュッと私を大きな胸に匿《かくま》う。

何事かと思えば、先を進んでいたワイアット様が戻ってきた。後方にいたダグラス様とロニー様も距離《きょり》を一気に詰め、集った。

「どうした？」

「ここから一時間ほど行った先で土砂崩《どしゃくず》れが起こり、道が埋《う》まっております。迂回路《うかいろ》に回らねばなりません。ただ、迂回すると宿がありません」

全員がランス様の胸元《むなもと》でカンガルーの赤ちゃん状態の私を覗き込む。問題は私ってこと？　時間もないので臆《おく》さずに訊《き》こう。

「えー、では夜駆けしよう！　ということですか？」

「いえ、馬を休ませねばなりません」

と、ロニー様が自身の芦毛《あしげ》を撫でながら答えた。

「よくわかりませんが、ランス様の考える最善でよろしいかと」

「森で野宿だ」

なんだ、野宿か。

「かしこまりました」

「よ、よろしいのですか？　野宿など、ご令嬢が！」

よっぽど驚いたのか、無口なワイアット様が珍《めずら》しく確認してきた。

「今夜はお天気ですし、皆様は野宿に慣れているでしょうし、問題ありません」

雨のキャンプは最悪だ！　というのが前世の林間学校引率《いんそつ》での感想。でも天気が良くて、野営のプロが四人もいるのだ。皆様の働きぶりを見るのが楽しみなくらいである。

「足を引っ張ると思いますが、よろしくお願いします」

私は頭を下げて、心配ないと微笑《ほほえ》んでみせた。


ワイアット様はすでに野営に適した、平らで水場に近い土地の目星をつけていた。そこに到着し、ランス様がOKサインを出すと、各々《おのおの》広がって一晩過ごす準備を始めた。

手持《ても》ち無沙汰《ぶさた》の私はランス様に懇願《こんがん》して、馬たちの世話を任された。……といっても家族のように大事にされているランス様たちの馬に私ができることは、小川で水を飲んだり草をはんだりするのを見守るくらいなのだけれど。

そんな私にワイアット様が硬《かた》めの馬用のブラシを「どうぞ」と貸してくれた。優しい。

「エム、ここには大型動物の糞《ふん》もなく、安全は確認した。馬の世話が終わったらその……無理にとは言わないが、明るいうちに体を拭くといい。しばらく近づかないと誓う。俺が戻る時は、距離を取って声をかけるから」

なるほど、トイレを済ませたり、小川の水にタオルを浸《ひた》して、体を清めていいよ、ってことだ。こうした細やかな気づかいに、どんどんランス様への尊敬の念が募《つの》っていく。

ランス様が軽く手を上げて去ったあと、私はここ数日で仲良くなった馬たちが草を食べている間に、背伸《せの》びをしてブラッシングした。

リングの黒をはじめ、白、栗毛《くりげ》、芦毛と色とりどりで美しい馬たちは皆つぶらな瞳《ひとみ》をしていて優しく、素人の自己満足の仕事を嫌《いや》がらない。

馬たちの埃や汚《よご》れが落ちて、そろそろ私も体を拭くか、もうしばらく誰もここには来ないらしいし……と思ったところで、ふと閃《ひらめ》いた。今ならば、〈ホンキミ〉知識にある私だけの魔法《まほう》を試《ため》せるのでは？

次にいつ一人の時間が取れるかわからない。試すのを迷う暇《ひま》はない。これから向かう土地は生半可な人間が生きていける場所ではないのだ。

私は馬たちにちょっと待っててねと声をかけ、自分の背丈《せたけ》ほどもある藪《やぶ》に分け入った。

二十メートルほど進み、直径三十センチくらいの杉《すぎ》の幹を見つけて立ち止まり、今一度耳を澄《す》まし周囲の気配を探《さぐ》る。誰もいない。

私は右腕《みぎうで》を前に突《つ》き出《だ》し、人差し指を伸ばして手を拳銃《けんじゅう》の形にした。

「バン！」

小さく唱える。ボスッと案外重い音がして、幹に丸い穴があき、貫通《かんつう》していた。

「本当に、使えた……」

おそらく世界で私だけのこの魔法は〈空気銃《じゅう》〉。人差し指で狙いを定め、「バン！」と唱えれば発動する。百発百中だ。弾《たま》数は私の魔力《まりょく》が尽《つ》きるまで。

しかし、当たることは当たるのだが……威力《いりょく》が〈運〉任せなのだ。岩をも砕《くだ》くパワーで撃《う》ち抜いたかと思えば、風がそよりと吹《ふ》いただけのような、情けない威力のこともある。

今度は声を出さず、心の中で念じて弾を放つマネをした。シュッと空気が鳴り、先ほどの幹から木くずがパラパラと舞う。残念ながら貫通しなかった。

「黙《だま》っててても撃てるのがわかってよかった。さすがにいい大人が恥ずかしいもの」

それに、ひ弱な私がこんな魔法を使う場面はピンチの時くらいだ。この魔法を秘密にしていれば、相手の裏をかけるはず。

とにかくいざという時に使える技《わざ》が自分にあるとわかり、心底ほっとしながら、弾痕《だんこん》を確認しようと杉の木に向かって歩くと、ガクンと力が抜け、膝《ひざ》から地面に崩れ落ちた。

「っ……まさか私ってば、たった二発で魔力切れなの？」

箱《はこ》入《い》り娘《むすめ》の私は想像以上に体力も魔力もなかった。今のままでは全く使い物にならない。

頭上でカラスがカアカアと鳴き、寝床《ねどこ》に帰っていく。いつの間にか空が茜色《あかねいろ》になっていた。私はその場から二カ所の弾痕を眺め、ゆっくりと立ち上がり小川のほうへ歩き始めた。

「ははっ、これじゃ、いざという時に使えたとしても、逃《に》げ切《き》れないじゃない……」

そもそも領主夫人は領民を守るのが役目なのだから、足手まといになるわけにはいかないのに。

最低限、魔法で時間を稼《かせ》いで逃げられるくらいに体力も魔力も鍛《きた》えなければ。

そういえば、〈ホンキミ〉では〈祝福〉とはこの世界の人間一人につき一人、実体はないものの寄り添《そ》っている守護精霊《せいれい》の気質を表す言葉が浮《う》かぶ、という裏設定だったことを、魔法を使ったからか、思い出した。

ヒロインのセルビアには自分の精霊が見えてビックリ、という展開もあったっけ。〈天《てん》真爛漫《しんらんまん》〉気質な精霊と天真爛漫なセルビアがおしゃべりする姿って……どうなのかしら。ランス様の見事な火魔法も、彼の守護精霊がお手伝いしているのかもしれない。

「つまりこの〈空気銃〉も、〈ホンキミ〉的には私の精霊様の気質由縁《ゆえん》ってことよね。ありがとう、私の〈運〉の精霊様」

私に切り札を与えてくれて。


小川で体を拭き上げ、馬たちのもとに戻る頃《ころ》には日が傾き、森は薄暗《うすぐら》くなっていた。ほどなく「エムー！」という声がして、ランス様が迎《むか》えに来た。

「エム、準備が整った。おいで」

「この子たちは？」

「ここにいて大丈夫だ。繋《つな》いでいるし、川で水も飲める」

「そっかあ。賢《かしこ》いのねぇ、おやすみ」

馬たちがヒンッと挨拶してくれたのでふふっと笑い、ランス様に向かって足を踏《ふ》み出した。するとランス様は眉間に皺を寄せ、さっと私を抱き上げ、元来た道を戻り始めた。

「歩けますけど？」

「足を引きずってるじゃないか。一体どうした？」

ランス様の洞察《どうさつ》力にはびっくりだ。

「ええと、実は転んでしまって」

魔法を使いスタミナ切れしたことは、もちろん隠《かく》す。

「え？　大丈夫か？　ひねってはいないんだな。戻ったら消毒しなければ。はあ、やっぱりそんな靴では……エムはブーツが手に入るまで、森で歩くのを禁止だ」

左腕《ひだりうで》に乗せられていた私の腰に、労るように右手が添えられた。

「えー、ランス様、大げさですよ」

「反論は許さない」

野営地に戻ると、大きなたき火の周りで干し肉があぶられ、今朝調達したパンやドライフルーツが並んでいた。

柔《やわ》らかい毛布が一枚敷いてあり、私はそこにそっと降ろされ、怖い顔をしたランス様が血の滲《にじ》んだ私の膝にたっぷり消毒液を振りかけた。とても沁《し》みたけれど、ランス様のほうが痛そうな顔をしていたので気合いで我慢《がまん》した。

ランス様が「よし食べるぞ」と合図すると、皆、火を囲むように腰を下ろした。

目の前に置かれたコップには沸《わ》かしたてのお湯が入っている。野営の時はお酒は飲まないようだ。

「皆様、お湯ではなくて、お茶にしましょうか？」

「お茶を持参されているのですか？」

私は自分の荷物から、バルト伯爵家ブレンドのお茶と自作の薄紙《うすがみ》で作ったティーバッグを取り出して、それぞれのコップに入れる。ぴったり数が足りてよかった。

「すごい……携帯《けいたい》用のお茶ですか」

ロニー様が喜びの声をあげた。家族以外に褒《ほ》められることなどめったにないので、嬉しくて、ついニコニコしてしまう。私も一口飲めば馴染みの柑橘《かんきつ》の香りにホッとした。

「エム、食べよう。何が欲しい？」

「先ほどからとてもいい匂《にお》いがしてますもの。お肉に決まってます。あとパンも一つ」

ランス様が熱さをものともせず素手《すで》で取り、フキの葉の皿に乗せる。それを私に渡すと自分の分も取り分けて、隣にどかっと座った。

炎《ほのお》に照らされ、ランス様の髪《かみ》の毛《け》がますます紅くきらめいている。まるで炎の王様のようだ、なんてメルヘンなことを思った。

「ありがとうございます。いただきます！」

遠慮なくお肉にパクッとかぶりついた。うん、おいしい……おいしいか？　あれ？　筋もなく柔らかいけれど、味がしない……これでは元の味気ない生活に逆戻《ぎゃくもど》りだ！

私は再び立ち上がり、荷物から最初の宿のシェフに貰《もら》ったスパイスソルトを出す。お肉に一振りし、改めて手を合わせ食べた。

「うわぁ、やっぱりおいしい〜！」

もぐもぐと食べていると四組の視線が私に突き刺《さ》さっていることに、遅《おく》ればせながら気がついた。慌ててスパイスソルトをランス様に手渡《てわた》し、

「皆様、こちら、最初の宿のシェフからご厚意《こうい》でいただいた調味料です。是非《ぜひ》お試しください。そしてランス様、おいしければ次回シェフに声をかけてあげてくださいね」

私はそう言って、いそいそと食事に戻った。

スパイスソルトは貰ってきて大正解だった。ダグラス様はパンにもたっぷり振りかけていた。今度王都に用事がある時には再びあの宿に寄って、お礼を言って追加で買ってほしいとお願いすると、四人とも「任せとけ！」とばかりに親指を上げてくれた。

男四人が明日の行程やらなんやらを話している傍《かたわ》らで、私は足を三角座りにして、炎をぼんやり見つめていた。炎は美しく、心を穏やかにしてくれて、私に自分を見つめなおす

優しい時間を設けてくれた。

戦勝祝賀会での婚約破棄《はき》から、王家との話し合い、ランス様との婚約に嫁入《よめい》り準備にこの移動。そして……前世の記憶の出現。目まぐるしい怒涛《どとう》の一カ月だった。

その忙《いそが》しさに積極的に身を置くことで、自分の気持ち……コンラッド殿下について考えることを後回しにしてきた。

コンラッド殿下——幼い頃から私が会うことができた、唯一の同世代の男性。

前世の多様な価値観を思い出したからか、殿下への感情は恋《こい》と言うよりも、むしろ依存《いぞん》に似たものだったようにも思える。

あの婚約解消された夜はまだ、エメリーンとしての十七年に気持ちが引きずられて落ち込んでいたけれど、薄情《はくじょう》なようだが熱烈《ねつれつ》な恋心《こいごころ》など、もはやない。

炎はそんな、私と殿下の短くない歴史や、その間の私の悩《なや》み多く、でも一途《いちず》だった想《おも》い——これもきっと小さな初恋《はつこい》——を、優しく燃やす。

……コンラッド殿下、小さい頃は一緒に本を読んでくれてありがとう。たとえ本人の意向じゃなかったとしても、誕生日のたびの花束、ありがとう。社交界デビューの時、嫌々であっても迎えに来てくれて、嬉しかった。

あなたは他の女性の手を取り、私は訳ありだけど婚約を済ませた。ありがとう……そして……さようなら。

私の想いは、燃えて燃えて、星の瞬《またた》く天に帰る。火の粉と共に天に伸びる煙《けむり》を、時間を忘れてぼんやり見上げる。

「エメリーン、傷が痛むのか？」

気がつくとランス様がすぐ横にいて、硬い親指を私の目尻《めじり》に押しつけて拭いた。いつの間にか涙が流れていたようだ。

「眠くなりました。ただのあくびです」

ランス様が何も言わず私を抱き上げ、自分の脚の間に入れて、足元にあった毛布を私の頭まで引き上げる。みっともない顔を側近の皆様から隠してくれたのかもしれない。ふと、初対面の日もそうだったなと思い出す。ランス様の気づかいはひそやかだ。

頭上から掠れた声がする。

「春とはいえ夜は格段に冷えるからな。明日も早い。おやすみ」

逆らう理由はない。私もランス様の胸に向かって囁《ささや》く。

「おやすみなさい。ランス様」

目を閉じながら、知り合ったばかりのランス様の腕の中で、私はどうしてこうもすんなり、緊張もなく眠りに落ちようとしているのだろうと今更な疑問が湧《わ》いた。家族は別として、こんなに男性と接触《せっしょく》するのは当然初めてなのに。

この温かい体温や、本当の力を極限まで隠して優しく触れる手が、私を安らかな眠りにいざなっているのは間違いない。

ランス様は、〈ホンキミ〉に出てくるイケメンたちがセルビアに囁くようなかっこいい言葉は吐《は》かないけれど、出会ってからずっと私にも家族にも誠実だ。

そしてランス様は〈祝福〉のせいで受けた心の傷がある。それはランス様ほど大きくはないけれど私にもあって……そんな私を彼が傷つけることなど絶対にないと、根拠《こんきょ》なく断言できる。私たちは前代未聞《ぜんだいみもん》の〈祝福〉を背負った、たった二人の同志なのだから。

明日、ついに領地に辿り着く。そうしたら私は婚約者として、領主であるランス様を支えていかなければならない。私はキアラリー領の人間になるのだ。

今日を区切りに過去は思い出に変えて、前を向いて、国民全員を守り抜いた英雄たるランス様を隣で精一杯《せいいっぱい》支えていこう。いつの日かランス様が〈祝福〉の恐怖を乗《の》り越《こ》え、さらに素晴《すば》らしい女性との愛を見つけたら、その時は静かに立ち去るのだ。

私は力を抜いてランス様に身をゆだね、パチパチと薪《たきぎ》が爆《は》ぜる音を子守唄《こもりうた》に今度こそ眠りについた。

『ねえねえ、エメリーン？』

鈴《すず》を転がすような声で呼びかけられ顔を上げる。途端《とたん》、私は固まった。

声の主がキラキラと輝《かがや》く黄金のオーラを纏《まと》った、神秘的で可愛《かわい》らしい手のひらサイズの幼女だった時、人はどう振るまうのが正解なのだろう？

私が悪気なく返事できずに見つめていると、その黒髪に金の目の女の子はムッとした顔になり、私にデコピンした。

「痛っ！」

『ねえ、聞こえてるんでしょ？』

「……はい、バッチリと」

『私が何かわかる？』

これはまさかの……ひょっとして〈ホンキミ〉でセルビアと会話していた例の……。

「……守護精霊？」

『やったー。大正解。やっぱり転生者はちょっとズレてるね。私が見えるんじゃないかって思ったんだよなー』

そう言って彼女は歯を見せて楽しそうに笑った。

「私の、〈運〉の精霊さんってこと？」

『〈運〉ってのは、そっちの都合でそう表されただけで、そんな呼称《こしょう》はない』

「〈運〉じゃないの？」

『私の気質にヒトの言葉で一番近いってとこよ。転生者なんだからわかってるんでしょ？本当は？』

「すみません、私もつい最近転生者だって気がついたばっかりで、期待されているほどわかってないかと」

『あー、だから何回話しかけても無視されてたんだ。突然《とつぜん》さっきエメリーンから話しかけられてビックリしたよ』

「私が……話しかける？」

『ほら、森で魔法を使ったあと、ありがとうって言ったじゃない』

そういえばそんなことも……。私は不意にあたりを見渡《みわた》す。真っ白で何もない。

「ここは？」

『ん？　エメリーン……長い、私もエムでいいよね。ここはエムの夢の中』

うん、夢よね。間違いない。守護精霊との遭遇《そうぐう》なんて夢であってしかるべきだ……。

「……どうして姿を現してくれたの？」

『この世界の人間はね、守護精霊って存在を忘れたの。知らないものを呼び出すことなんてできないし、想像もできない。でもエムは知ってる。だから嬉しかった。退屈だしね。とはいえエムの心が安定して、長く熟睡してくれなきゃチャンスがなかったの』

ここのところ、とにかく心身共に忙しかったから……。気持ちに区切りがついて、ランス様の腕の中で安眠《あんみん》できたから、会えたのかもしれない。

「えっと……なんとお呼びすれば？」

『名前？　そんな発想なかったなあ……。何か前世の知識でつけてみてよ』

なんてむちゃぶりだ。前世から決してセンスのいいほうではないのに……。でも、思いを込《こ》めて、

「ラック、と呼んでもいい……ですか？」

『えーっと……なるほど、前の世界で幸運って意味ね！　エムの必死さが伝わるわ。あはは、いいわよ！　それと特別に言葉も崩していいけど？　実際、丁寧な言葉だと真意がわかりづらいのよ』

気に入ってくれたようだ。セーフ。

「えっとあの……ラックの……その気質は私にどういう影響《えいきょう》を及《およ》ぼすの？」

『さあてね。私は他の精霊よりも運命の振り幅《はば》は大きいけれど、運なんて、しょせんそんなものでしょう？　良《い》いことのあとには悪いことが起こる。その繰《く》り返し』

人間万事塞翁《にんげんばんじさいおう》が馬《うま》……か。うん確かに、私の振り幅って大きいよね。前世から激動の人生を送ってるわ……そもそも転生っていうのが破天荒《はてんこう》……。

『私がエムの人生に賛同したら、ちょっぴりオマケをつけるくらいはできるけどね』

「じゃ、じゃあ、私がたくさん善行を施《ほどこ》したら、幸運を授《さず》けてくれるの？」

『急にグイグイきたね、ちょこっとだけよ？　試しにどんな運を呼び込みたいか聞かせてよ。人間の欲って興味があるわ』

それってとっても大きい特典じゃないの？　それならば。

「その幸運、譲渡《じょうと》できる？」

『何それ、せっかくの私の幸運を他人に渡すっての？　バカにしてる？』

ラックの纏う空気が一気に不穏《ふおん》になった。私は慌てて言い募る。

「バカになんてしてない！　気を悪くしたなら謝るわ。ただ、ランス様の〈祝福〉を少しでも弱くできればって……」

『……あーそういうこと。ちょっと呼んで聞いてみる？』

「は？　誰を？」

『だからエムのダーリンの根暗な精霊？』

「根暗？　え？　呼べるの？」

『できるも何もこんだけダーリンとピッタリくっついてりゃ、ここにいるよ。ねえちょっと！　エムが会いたいって！』

その途端、ラックの横に光が集約され、弾《はじ》けた！　するとそこに手のひらサイズの真っ赤な髪が炎を模して見える、金の瞳の少年っぽい精霊？　が現れて、私をギロリと睨んでいる。その雰囲気《ふんいき》、実に馴染み深い。

「なんだか……ランス様に似てる。髪の毛も表情も」

『守護精霊の髪は守護するヒトに貰うから、そりゃあ一緒だよ。表情は付き合いが長いと似ちゃうんじゃない？』

髪の毛を貰う？　〈祝福の儀《ぎ》〉で髪の毛を使うからかしら？

「あの、ランス様の精霊さん、〈死〉ってどういうことですか？　死が身近にあるってこと？　死が近いってこと？　死を呼びやすいってこと、ですか？」

ランス様の精霊は手のひらを突き出し、衝撃波《しょうげきは》で私を吹き飛《と》ばした。胸に直撃《ちょくげき》し、息ができない。夢なのに、ゴホゴホと咳《せ》き込《こ》んでしまう。

『あんたっ！　うちの子に何すんのよ！』

『……エメリーン、おまえが言ったんだ。死など平凡《へいぼん》だと。その言葉をランスロットは心に刻んでいる。死は全ての人間の身近にあるものだ。当然だろう？』

その話し方は淡々《たんたん》としていて、出会った当初のランス様とそっくりだった。何もかも諦《あきら》めたような……。

「はあ……はあ……はい」

『俺がいるせいで、人よりも死を意識せざるをえないだろうが、早死にするのか、人殺しになるのか、それはランスロットの生き様だ。必ずしも長生きが正しいわけではない』

「おっしゃるとおりです。でも、人はどうしても死と言われると怯《おび》えてしまいます」

『エメリーンはさして怯えてないだろう?』

「怯えていますとも!」

現世の誰よりも。前世で絶命する時にはあまりの痛みに悶絶《もんぜつ》したし、事態をこじらせたうえに、自分が生徒や家族、婚約者の心の傷になってしまうことに激しく失望した。

『……ならば、良い死に方をするように励《はげ》むことだ』

「私が励めば、ランス様も良い死に方ができるように、ラックにオマケしてもらってもいいですか?」

『おまえに授けられる運を、ランスロットに使うのか?』

ランス様の精霊が怪訝な顔をする。

『エムってば、お人好《ひとよ》しー! 自分だって婚約破棄なんて散々つらい目に遭ってるくせにー』

正直なラックの物言いに、私は思わず苦笑《くしょう》した。

「前世を思い出しちゃったら……いろいろ吹っ切れたの。ここからの人生ごと私にとってオマケみたいなもの。こうしてラックにも、ランス様のカッコいい精霊にも会えたし」

私はもうこの世界で〈ホンキミ〉の悪役としての役目を終えた。これからは〈祝福〉目当ての人々に顎《あご》で使われたりせず、自分を大事に、小さな楽しみなんかも味わいながら、たった今出会った私から絶対離れないラックと一緒に、地に足をつけて生きていきたい。

そもそも曲がった生き方などするつもりもない。できもしない。

そうだ！　私がそんな真っ当な生き方をして、これまで苦労されてきたランス様の心の痛みを、精霊たちの力を借りて軽くすることも目標の一つにしよう。寝る前にも思ったように、私たちは唯一無二《ゆいいつむに》の同志なのだから。

『俺にも……俺にも名をつけてくれ』

ボソリと真っ赤な髪の精霊が言った。私を睨みつける金の目は真剣《しんけん》だ。断る選択《せんたく》はない。かといってラックのように〈祝福〉をひねったものにするわけにはいかない。では……。

「レッド、でどうですか？」

『ランスロットの色の名か……エムはランスが好きなんだな』

「もちろん尊敬しています」

私は自信を持って頷いた。

『ふん、まだ自覚なしか。いや、怯えているのか？　再び愛することを……』

『そのへんはレッドのランスロットがせいぜい頑張るべきなんじゃなーい？』

ラックが私の肩でぴょんぴょんとジャンプする。

そういえば、〈ホンキミ〉のヒロイン……セルビアも守護精霊と会ったのかしら……？

ラックとレッドの会話がだんだん遠くなる――

鳥のさえずりで目が覚めた。ゆっくりとまぶたを開けると、木々の隙間《すきま》から朝日がキラキラと射《さ》し込む。今日も日中は暖かくなりそうだ。

起き上がると、私の体から大きな三人分のマントがずり落ちた。あと一枚は綺麗に畳まれ枕《まくら》になっている。火はとっくに消えていて、周りの草は夜露《よつゆ》で濡《ぬ》れていた。皆様ありがとう。

「エム、起きたのか？」

ガサガサと薮をかき分けながら、ランス様がリングを引いてやってきた。

「出発ですか？」

「いや、リングを水浴びさせてきただけだ。慌てなくていい」

『本当はエムの寝顔《ねがお》の可愛さに、真っ赤になって顔を洗いに行ってたんだよね。こんなにでっかいくせにウブな男だわ』

『真面目な男を茶化すなんて、おまえ、ほんっとに性格悪いな』

ランス様の肩の上で、昨日夢で出会った黒い髪と紅い髪の精霊が何やらゴチャゴチャ言い争っている。

無言でじーっと見つめると私の視線を感じたのか、二人がこちらに振り向いた。

『……あれ？』』

「ん？　エム、どうかしたのか？」

「い、いえ」

『……エム、私が見えるの？』

ランス様に悟《さと》られぬよう、小さく頷く。

『はあっ？　嘘《うそ》だろう？』

『わーお、エムってば規格外ねー。さっすがこのラック姉さんのバディ！』

なんと、私はヒロインでもないのに、ラックとレッドという二人の守護精霊が、通常モードで見えるようになってしまった。夢だったけれど夢じゃなかった。

これは……この出会いは〈運〉が向いてきたと考えていいのでは？　うん、きっとそう！

第三章 〈死〉のランスロット

「なんで泣いたんだろうな、エムちゃん」

側近であり戦地においては副官を務める一つ年上のダグラスが、気づかわしげにエメリーンを見やりながらそう言った。

俺――ランスロットは、たき火を囲む俺の腕《うで》の中で眠《ねむ》るエメリーンに視線を落とす。ダグラスは父の信頼《しんらい》する部下の子で、幼馴染《おさななじ》みであり親友でもある。父が俺の〈祝福〉に同情し、ダグラスを遊び相手にとあてがい、彼が断ることなどできなかったのはわかっているが、俺はすっかり彼の懐《ふところ》の深さに甘え、ダグラスも生涯《しょうがい》仕えると誓《ちか》ってくれた。

エメリーン――エムは、炎《ほのお》を見つめながら静かに涙《なみだ》を流し、その意味を語ることなく、俺の胸に顔を寄せて眠りに落ちた。

エムの涙を拭《ぬぐ》おうと触《ふ》れた白い肌《はだ》は柔《やわ》らかく、俺の荒《あ》れた親指では傷をつけるのではないかと一瞬躊躇《いっしゅんちゅうちょ》したが、やはり見ていられず、そっと軽く涙を押さえる。

それにしても、今日も当たり前のように俺に守られてくれるエム。馬に相乗りし、俺に体を預け、屈託《くったく》なく笑うエム。誰《だれ》もが厭《いと》う俺の紅のリボンを毎日身につけてくれるエム。

生まれた時から恐《おそ》れられ、嫌《きら》われてきた俺のそばで安心して眠る女がいるなんて、未《いま》だに夢の中にいるのではないかと勘繰《かんぐ》ってしまう。毛布から覗《のぞ》かせている小さな頭に頰《ほお》を寄せ、この一カ月あまりのことを思い返した。

子の誕生を祝う神殿《しんでん》での〈祝福の儀《ぎ》〉にやってきた両親は〈死〉の〈祝福〉という判定が出ると、ためらいなくそこに俺を置き去りにした。

神殿は俺をおざなりにしてはどんな天罰《てんばつ》が下るかわからないと、腫《は》れ物《もの》に触《さわ》るように最小限の接触《せっしょく》で生かした。

そのような状況《じょうきょう》下で俺を引き取ってくれたのが父アラバスター公爵《こうしゃく》、当時の将軍だった。力も権力も鋼《はがね》の精神力も兼《か》ね備《そな》えた父は、

『ちょうど息子《むすこ》がもう一人欲しいと思っていた。ランスロット、これは運命だ』

と言って、躊躇なく俺を抱《だ》き上《あ》げ、肩車《かたぐるま》をしてくれた。とてつもなく器《うつわ》の大きな人だ。

父が家長のアラバスター公爵家は厳しかった。歩けるようになると武術と学問のカリキュラムが組まれ、最高の教師がマンツーマンでつき、徹底的《てっていてき》にしごかれた。

しかし、同時に温かかった。歳《とし》の離《はな》れた血の繫《つな》がらない二人の兄は、自分の通った道を歩む俺に同情し、優《やさ》しく抱きしめ、時間を見つけては遊んでくれた。

あとから聞けば、兄たちは俺が引き取られたその日に俺の〈祝福〉を聞いていたという

のに。その理知と愛情の深さを思うといつでも震《ふる》えてしまう。

愛する父と兄たちのためになるのならと、命を惜《お》しまず戦場で働くと、〈祝福〉のせいか毎度重傷を負いはするものの生き残り、意図せず武勲《ぶくん》を立て続けた。

そんな自分が恐ろしい。いつか死神の俺が、家族に災《わざわ》いをもたらすのではないかと。

年々不安が高まる中、俺を含《ふく》め珍《めずら》しく兵士がスポットライトを浴びる戦勝祝賀会という場で、あの騒動《そうどう》が起きた。

壇上《だんじょう》でいくら賛辞を贈《おく》られようと、集まった貴族の目には強者への畏怖《いふ》だけでなく、命のやりとりをする人間への野蛮《やばん》だという嘲《あざけ》り、そもそもは平民だという蔑《さげす》みが浮《う》かんでいる。真面目な顔をして立っていたが心底白けていた俺は、わきまえない第二王子に呆《あき》れると同時に、その混乱に乗じて会場を出た。

そこでエメリーンに出会った。

単純に憐《あわ》れみから彼女を助けた。今にも倒《たお》れそうな彼女を抱き上げれば、ちゃんと食事をしているのか心配になるほど軽い。か弱き人間をこのような目に遭《あ》わせるなど、本当に第二王子は下種《げす》だなと判断する。

それと同時に「やってしまった」といううんざりした気持ちが込《こ》み上げてきた。顔に傷があり嫌われ者の俺に助けられるなんて、迷惑《めいわく》でしかないのではないか？　それどころか汚点《おてん》では？　特に高貴な女性にとっては、と。

だが、エムの表情は先ほど受けた心痛でボロボロではあったが、俺に対する嫌悪感《けんお》はみじんもなく、やがてぐったりと身を任せた。まるで安心しきっているかのように。家族やダグラス以外に触れても嫌《いや》がられないのは初めてではないだろうか。

その時俺は……とっくに捨てたと思っていた期待を抱いてしまったのだ。


俺は戦場での常のように敵対勢力――今回は王家――に考える時間を与《あた》える前に動いた。

結果、王から約束を取りつけ、あのバカ第二王子からエムを完璧《かんぺき》に切り離した。

明るい時間に再会したエムはやはり可愛《かわい》らしく、楚々《そそ》とした佇《たたず》まいだった。ただ、悲しいことにあの夜よりもやつれ、泣きぼくろも相まって、ついさっきまで泣いていたようにも見える。そんなエムに俺と結婚《けっこん》するように王命が下った。エムの顔に衝撃《しょうげき》が走り、それを見た俺の胸がきしむ。

二人きりで話してみると、エムは頬を引きつらせたままだった。しかしそれは俺がどうこうというわけではなく、自分は英雄《えいゆう》に相応《ふさわ》しくないし、エムの〈運〉の〈祝福〉をあてにしては痛い目を見るという理由だけだった。

卑怯《ひきょう》な手でエムを手に入れた自覚はある。だからこそせめて実直であろうと俺の〈死〉を話した。正直、失神されることも覚悟《かくご》した。が、エムは一瞬瞠目《どうもく》したものの、怯《おび》えることもなく、大人びた凪《なぎ》の表情で、俺に告げた。

『〈死〉だけが、男も女も、王も奴隷《どれい》も、金持ちにも貧乏人《びんぼうにん》にも、差別なく訪《おとず》れる、平等なのです』

『ゆえに、閣下の〈祝福〉は至って平凡です』

目の前の非力な女性によって、俺の既成概念《きせいがいねん》はガラガラと音を立てて崩壊《ほうかい》した。そして、それこそが自分の一番欲しかった言葉だったのだと気がついた。

俺を怖《こわ》がらず、ピンク色の愛らしい口から俺への尊敬の言葉をこちらが恥《は》ずかしくなるほど生真面目《きまじめ》に語り、小柄《こがら》な体からは想像もつかない豪胆《ごうたん》さで俺を平凡《へいぼん》な男にしてくれる、神秘的な薄紫《うすむらさき》の瞳《ひとみ》のエメリーン・バルトに、俺は完全に落ちた。

腕の中の最愛の女性がこんな屋外であっても熟睡《じゅくすい》できるように、なんとか姿勢を試行《しこう》錯誤《さくご》している俺を、ダグラスだけでなくロニーとワイアットも黙《だま》って見つめていた。たった一晩の野営、男たちは寝《ね》るつもりなどない。

「エムちゃん、思った以上に扱《あつか》いやすい女の子でしたね。私の周りの貴族令嬢《れいじょう》とは大違《おおちが》いだ」

ロニーは実は侯爵家《こうしゃくけ》の次男。長男と余計な家督《かとく》争いをしないために軍に入り、俺を慕《した》ってくれて今に至る。武《ぶ》しか能がない集団の中で文武両道。ロニーがいるから俺の隊は回る。確か二十歳《はたち》になったのか？　たき火で曇《くも》ったのか、トレードマークのメガネを頭に上げている。

「野営をすんなり受け入れてくれて、携行食《けいこう》もおいしそうに食べて……。でもやはり泣くほどつらかったのでしょうか？」

ワイアットが眉《まゆ》を八の字にし、痛ましそうにエメリーンを見つめる。ワイアットは平民で、生きるために軍に入った。ワイアット曰《いわ》く俺は一度ワイアットの命を救ったらしい。恩義を感じ、俺に命を捧《ささ》げると誓ってきた。そんな誓約《せいやく》はいらんと言ったが、ダグラスが使える男だと言って迎《むか》え入《い》れた。静かに厄介《やっかい》な男。俺の一つ下の二十二才だ。

「……いや、エムは野営を楽しんでいた。昔の何か……つらいことを思い出したのだろう」

おそらくコンラッド第二王子のことだ。ようやくひと心地《ごこち》つき、過去を振《ふ》り返《かえ》る余裕《よゆう》ができたのだろう。生まれてからずっと王子を支えるために精進《しょうじん》して生きてきたのだ。傷ついていないはずがない。自然と険しい顔になる。

俺がこれからその傷を少しでも癒《いや》して、いつか俺に目を向けてくれたら……そう思いながら彼女の黒髪《くろかみ》にそっとキスを落とした。

「溺愛《できあい》じゃないですか……」

ロニーの顔にははっきりと、いつの間に？　信じられない！　と書いてあった。

ちなみに俺はこの四人の時に限って、無礼講を許している。同世代で死線を何度も共に越《こ》えてきた仲間だし、誰も彼もから距離《きょり》を取られるのはきつい。

「政略の意味をわかっていないワガママ王子のお下がりの女がランスに下賜《かし》されると聞いた時は、腸《はらわた》が煮《に》えくり返ったけど裏切られたよ。もちろんいい意味だよ？　エムちゃんはいい意味で、普通《ふつう》だった」

ダグラスは俺の留守中エムの護衛についたこともあり、すっかりほだされている。

「貴族の女性は皆高慢《みなこうまん》だと思っておりました。ランス様の働きのおかげで今の平和があるというのに、顔の怪我《けが》を恐ろしいなどと叫《さけ》ぶ輩《やから》ども──反吐《へど》が出ましたよ。そんな貴族女性を私たちの英雄にあてがうなど、国への忠誠心も失《う》せそうになりました」

そう言って青筋を立てて怒《おこ》るワイアットは、ちょっと俺に傾倒《けいとう》しすぎだと思う。

「でも違った。大事なランス様が無事でよかったね、ワイアット。エムちゃんはランス様の大柄《おおがら》な体にも怯えることなく、ほら、いっつもちょこんと懐におさまってる」

ロニーはそう言って、エムの淹《い》れたお茶を上品に飲みながら微笑《ほほえ》んだ。

馬上で穏《おだ》やかに俺に話しかけ、表情の硬《かた》い俺の代わりに笑ったり、驚《おどろ》いたり忙《いそが》しいエム。俺を恐れず、いたずらっぽい顔をしながら、俺の口に飴《あめ》を放り込む。

その和《なご》やかな一瞬一瞬が、乾《かわ》ききった俺の胸を切なく締《し》めつける。俺と自然体で接し、よりよい関係を作ろうと頑張《がんば》ってくれるエムがたまらなく愛《いと》しい。この一カ月で、エムは俺の宝になった。エムなしではもはや息もできない。

「買い物に行くって言った時は、絶対ランスの財布《さいふ》を空っぽにする女だって思ったんだけどなー」

エムの買い物は旅に向いた男子の服を買うこと。銀貨一枚でお釣《つ》りのくる安物。それを自分の持参金で支払《しはら》った。

「そして我々は飴玉《あめだま》で、まんまと懐柔《かいじゅう》されたわけです」

ワイアットが楽しそうに呟《つぶや》いた。

キャンディーを貰《もら》った時、大いに戸惑《とまど》った。賄賂《わいろ》にしたら、あまりに安すぎる。キャンディーなど子どもでも買える。

「女から菓子《かし》を貰って、こんなに嬉《うれ》しいなんて自分でも驚きですね。エムちゃんはランス様の喉《のど》を思い、キャンディーを買った。あんまり綺麗《きれい》でおいしそうだから、私たちにもおすそ分けしたくなった。こんな純粋《じゅんすい》な想《おも》いに触れるのは久しぶりです」

ロニーがニコッと笑って、オレンジのキャンディーを口に入れた。

エムのなんの思惑《おもわく》もないプレゼントは、策謀《さくぼう》の世界で生きる俺たちを感動させた。エム自身はその価値に気がつくことは一生ないだろうが、ただただ優しい味がした。

「エムちゃん、ランスのダミ声、はぁ好きーって言ってたぜ！　ニコニコしながら」

まさか俺が女のことで冷やかされる日が来ようとは、夢にも思わなかった。

「エムちゃん笑うと可愛いよね。ランス様、もっと可愛いカッコさせてやりましょうよ。地味に見えるのは服のせいだ」

「でも地味な子ども服を進んで着てくださるから、旅が順調なのだろう？」

結局ダグラスだけでなく、気位の高いロニーも警戒心《けいかいしん》の強いワイアットもエムを認めた。まるまる五日間、共に過ごせば十分だ。偽物《にせもの》ならばどこかでほころびが出る。

エムから出た欠点は多少の常識外れだけ。それは年上の俺たちから見たらペットの失敗に似ていて、ただ微笑ましいだけだ。

ワイアットは馬好きだから、馬をおっかなびっくり可愛がるエムをあっさりいい人認定《にんてい》した。馬は賢《かしこ》い。動物は悪人を乗せることを本能的に嫌がる。気難しい俺のリングも、女を嫌うダグラスのナンシーもエムに懐《なつ》いている。

「服か……」

ダグラスからエムが自分の金で服を買ったと聞き驚いた。さらには俺の喉を心配してキャンディーまでも。体の心配をされることなんていつぶりだろうか？

「ランス様はキャンディーのお返しに、何をエムちゃんに贈るご予定ですか？」

短いものの交際期間があったというのに、何一つプレゼントをしてこなかった。それを俺が密《ひそ》かに焦《あせ》っていると知ってか知らずか、ロニーが朗《ほが》らかに訊《き》く。

「……靴《くつ》をやると約束した」

「マジか！　靴を贈る意味って俺の靴以外で出歩くな、だっけ？　おまえの行きたい場所にどこへでも連れていく、だっけ？」

「溺愛だ……」

　ワイアットが口笛を吹《ふ》いたが、俺はため息をついて首を横に振った。

「どちらでも一緒《いっしょ》だ。エムはおそらく気がつかない」

「「あー……」」

　エムは敏《さと》くこれだけ気が利《き》くのに、なぜか好意に疎《うと》く、庶民《しょみん》の慣習といった知識が欠けている。

「自宅軟禁《なんきん》の弊害《へいがい》でしょうね。そのあたりがネックで王子に婚約破棄《こんやくはき》されたのかな？　まあでも、押しつけられた縁組《えんぐみ》だったけど、相性《あいしょう》バッチリで良かったですね、ランス様！」

「違う！」

　思いのほか強い口調になってしまい、ロニーがビクッと震えた。しかしひどい誤解だ。エムの名誉《めいよ》のためにしっかり否定しなければ。

「俺はエムを押しつけられてなどいない」

「え、えっと？」

「エムは最高の女だから陛下は生まれた瞬間《しゅんかん》囲い込み、息子に与えた。だが息子はバカでエムの価値がわからなかった。だから俺が強引《ごういん》に横からかっさらった。それが全てだ」

ダグラスがぼそりと「生まれた瞬間……〈祝福〉絡《がら》みか？」と呟いた。付き合いの長いダグラスは、うすうす俺の暗い〈祝福〉に気がついているだろう。

「ランス……おまえが捕《つか》まえに行ったのか」

「そうだ。エムは逃《に》げられなかった」

「そっか、ランスが惚《ほ》れたんだ……そりゃあエムちゃん、逃げられっこないわ。はははっ、こっからが勝負だぜ。心も寄せてもらえるように頑張れよ、ランス」

ダグラスは愉快《ゆかい》そうに笑い、ロニーも納得《なっとく》したように何度も頷《うなず》いた。

「……そうだよね。常識的に考えれば、婚約解消したばかりの女性をこんなに速攻《そっこう》で堕《お》とす力は……英雄ランス様の力でしかない」

「まあ、ランス様の伴侶《はんりょ》が尊敬に値《あたい》するお方で、私は嬉しいです」

ワイアットがキレイにまとめた。

「まだ婚約者ではあるが、今後エムは俺の妻として扱うように。俺と同等の権限を持つと認識《にんしき》してくれ」

「誠心誠意、未来のエメリーン・キアラリー辺境伯夫人《ふじん》にお仕えすることを誓います」

ダグラスの口上に合わせ、ロニーとワイアットも頭を下げた。

エムはこの国の十指に入る強者に次々と忠誠を誓われたことも知らず、俺の腕の中でクゥと、寝息《ねいき》を立てた。

「ランス様、お芝居《しばい》を鑑賞《かんしょう》の経験は？　私、外出できなかったから一度もなくて」

エムが今日も馬上で、他愛《たわい》のない会話を俺に振ってくる。

「ない。俺も戦地に出向いてばかりだったから……娯楽《ごらく》に疎いんだ」

だからエムを喜ばせるすべがわからない。軽く落ち込む俺に、エムはカラッと笑った。

「じゃあ一緒に初体験できますね。知ってますか？　王都ではランス様の『モードル峠《とうげ》の戦い』が劇になってるそうです。やがてキアラリー領に興行にきますよ！　楽しみー」

「……勘弁《かんべん》してくれ」

「絶対観《み》に行きましょうね。最前列のために並びましょう！」

「嫌だ」

「えー！」

頬を膨《ふく》らますエムを見て、どんなに恥ずかしくても観に行くことになるのだろうなと苦笑いした。最愛のエムを優先すること以上に、大事なことなどないのだから。

第四章　波乱の幕開け

森を抜《ぬ》けると美しい草原地帯になり、少し肌寒《はだざむ》くなる。ブルッと身震《みぶる》いすると、ランス様が私を引き寄せて、自分の熱を移してくれた。立派な筋肉をお持ちのせいか、ランス様は常に熱い。

「エム、もう我が領地に入った。あと二時間も走れば到着《とうちゃく》する。我慢《がまん》してくれ」

「あの、ランス様、私はランス様の領地で、何をして過ごせばいいでしょう」

見上げてそう問うと、ランス様は馬を走らせながら、少し考えて答えた。

「……好きにしていい。これまでできなかったことを、自由に」

「森で散歩してても？」

髪《かみ》にランス様の顎《あご》が触《ふ》れ、頷《うなず》いたのだとわかった。

「クッキーを焼いても？　買い物に行っても？　大衆小説を読んでも？」

頭上でクスッと笑い声が聞こえ、また頷いてくれたのを感じた。

「大声で歌っても？」

「是非《ぜひ》聴《き》かせろ」

「ではご一緒に」

新しい土地で、自由に、少しずつ、やってみたかったことを始めてみよう。私にも、ようやく〈運〉がめぐってきたのかもしれない。下を向いてそっと笑った。

「ああ、でもエムの役はなんだ?」

ランス様が耳元で囁く。私はマントの中から右手を出して、人差し指を立てた。

「やがて領主の妻!」

このキアラリー領が発展するように、私なりに力を尽くさなければ。

「それを演じるのを忘れないように」

「はい!」

私は女優、私は女優……と念じていると、ラックが現れた。ラックは気ままに現れ気まに消える。今のところ私にしか見えていないし聞こえない。

『エムに役者のマネ? 絶対無理じゃ?』

ランス様も側近の皆様もいるから、私は返事できない。ラックはそれをいいことに散々私をからかいながら、なぜか馬と同じスピードで私の横に漂っている。

ラックとにらめっこしていると、不意にランス様がピイッと指笛を吹き馬を止めた。すると西の空から何かが恐ろしいスピードでやってきた。ランス様が左腕を前に出すと、大きな鳥がバサッと茶色い翼を畳んで止まる。

「これは……ハヤブサですか？」

「そうだ。ファルコという。俺が遠方に出た時はファルコで連絡《れんらく》を取るから」

ランス様はそう言うと、干し肉を私に持たせた。大きい伝書鳩《でんしょばと》だなあと思いながら、肉をくちばしに持っていくと、ファルコは二、三度突《つつ》いたのち、ぱくっと食べた。そして、私とラックを見て頭を傾《かし》げる。カッコ可愛《かわい》い！

『賢《かしこ》い子ね、私とエムの魔力《まりょく》をきちんと覚えようとしているわ』

ラックがファルコの頭にご褒美《ほうび》のようにチュッとキスをすると、ファルコはピィと嬉《うれ》しそうに鳴いて飛び去った。

「エムのこと、気に入ったみたいだな」

いいえ、ラックと仲良しになっただけです、と思って、ランス様に苦笑いを返した。

いよいよ真っ黒な横広い城塞《じょうさい》が見えてきた。先を走っていたワイアット様はとっくにその中にいるのだろう。

「なんであれほど黒いのかしら」

「煤《すす》です。何度も火を放たれたそうなので」

隣《となり》に並んだダグラス様が教えてくれた。焼《や》き討《う》ちとは……えらいところに来てしまった。

やはり私の〈運〉は凶運《きょううん》なのだろうか。

後方にいたロニー様が私たちに一礼して、軽く馬を蹴《け》り、スピードを上げてそこに向かっていく。

「ロニーはランス様とエム様を迎《むか》える準備が滞《とどこお》りないか、確認《かくにん》に行きました。おそらく大勢の出迎《でむか》えが並んでおります」

出迎え？　しまった。領民の前に出るまでに、少しの暇《ひま》を貰《もら》えるものだと思い込んでいた。

「ランス様、私を下ろしてくださいませ。英雄《えいゆう》にしがみついている女などみっともないです。男のなりをしておりますし……そうだ！　リングの轡《くつわ》を持って入場して、馬まわりの小姓《こしょう》のように……リング、お願いできる？　グエッ！」

ランス様にみぞおちをグッと押さえられた！　さすが英雄……。

「エムの居場所はここだ。ここにいれば、エムは俺の未来の妻だと一目でわかり、子ども服も見つからない」

このまま？　馬に乗れないからランス様にご迷惑《めいわく》かけてますって醜態《しゅうたい》を晒《さら》しながら入るの？　私は助けを求めてダグラス様を見つめると、ダグラス様が息を呑《の》む。

「ダグラス様、お願いです！　ランス様がご入場のあと、ダグラス様の後ろでナンシーに乗って、こっそり裏口からあとを追い……」

「「却下《きゃっか》！」」

なんなのこの仲良し主従。上からすごい殺気が降り注いでいる気がするんだけど……。

「諦《あきら》めてください。ランス様、エム様のために城まで手早く駆《か》け抜けてください」

「わかった」

私は全くわかっていなかったけれど、ランス様は城塞の門を目がけて突っ込んでいった。

「開門！」

城塞の中は前世のテーマパークのようだった。石畳《いしだたみ》の道が碁盤《ごばん》に広がり、その道沿いに商店や民家が立ち並ぶ。畑は見えないけれど、動物の鳴き声はするので、畜産《ちくさん》？　は中で営まれているみたいだ。丘《おか》の上のガッチリとした飾《かざ》り気《け》のない建物が領主館だろうか？

「このようにここは城塞都市ですし、領民の多くは他の土地を知りません。なので、領主の屋敷《やしき》を城と呼び、街を城下町と表します」

と、ダグラス様。確かに遠目に見ても堂々とした大きな建物だ。

その丘の上の城に続くと見られる道沿いに、大勢の人々が押し寄せていた。

「新しき東の辺境、キアラリー領の領主、キアラリー辺境伯《へんきょうはく》のご入城です！」

あまりの歓声《かんせい》に地鳴りが起こる。

「英雄、英雄！」

「ランスロットさまー！」

「将軍閣下ー！」

「こえー！」

スッとランス様が手を上げると、途端《とたん》に場が静まった。

「皆《みな》、歓迎《かんげい》ありがとう。これまでの経歴はさておき、私は領主としては新米だ。よろしく頼《たの》む。また改めて皆に挨拶《あいさつ》する場は設ける。ではな」

そう言うと、ランス様はリングを軽く蹴り、坂道を駆け上がった。沿道はしばらく英雄コールが響《ひび》きわたる。

急に道が狭《せま》くなり、大きなリングでは一頭しか走れない。ダグラス様が後ろに移る。

「なぜ晴れがましい城への道がこれほど狭いのでしょう？」

「敵が押し寄せられないように、だろうな」

思った以上に実利重視の城のようだ。貴族の屋敷は派手なものだと思っていたけれど。ちなみにバルト伯爵《はくしゃく》家《け》は客間以外は質素なものだった。私にお金をかけなければいけなかったから。たまに訪ねてきた王子殿下《でんか》は我が家の暮らしぶりを貧相《ひんそう》だと鼻で笑っていた。

リングが力強く丘を登りきると、忍《しの》び返《がえ》しが等間隔《とうかんかく》で並んでいる頑丈《がんじょう》な塀《へい》の真ん中に、黒い観音開きの門扉《もんぴ》が開いていた。ランス様は真っすぐその中に入った。

どの想像とも違《ちが》う光景がそこにあった。誰《だれ》も我々を待ち構えてなどおらず、革製《かわせい》の甲冑《かっちゅう》や胸当てを纏《まと》った兵士たちが慌《あわ》ただしく走り回り……おそらく準備をしている。

「キアラリー伯《はく》！」

ワイアット様が駆けてきて、馬上のランス様に何事か話す。ランス様は耳を寄せて聞くと数秒眼《め》を閉じて、その後テキパキと何か指示を出した。

「皆、集まれ！」

下馬したダグラス様が良く通る声で叫《さけ》ぶと、皆手を止めて、ランス様の前に整列した。

「ランスロット様！　お待ちしていました！」

「閣下、領地の拝領、おめでとうございます！」

「あーあ、閣下、変な女を貰うはめになったんだって？　かわいそー！」

「でもいないってことは、こんな田舎《いなか》についていきたくない！　ってとこですか？　邪魔《じゃま》されるよりそのほうがいいってもんですよねー！」

婚約《こんやく》解消された話が悪評となってこの地に伝わっているみたい……随分《ずいぶん》な言われようだ。少しだけ、不安が湧《わ》き起こる。

「あまり、部下の皆様と垣根《かきね》がないのですね」

「……今、猛烈《もうれつ》に後悔《こうかい》しているところだ」

頭上でランス様が息を吸う音がした。ザワッと空気が変わる。

ランス様が私の上にかかるマントを取る。どうやら私の黒髪《くろかみ》はマントの黒と同化して、ここまで誰も私の存在に気がつかなかったようだ。まるで虫の擬態《ぎたい》。

現れた私をランス様は慣れた風に左腕でホールドし、馬から下りる。流れるようにマントをダグラス様に手渡《てわた》した。

「こちらはキアラリー辺境伯の婚約者、エメリーン・バルト伯爵令嬢《れいじょう》です」

ダグラス様が紹介《しょうかい》してくれたが、ランス様は私を地面に下ろす気配がなくて、私はしようがなく縦抱《だ》きされたまま、頭を下げた。

顔を上げて、正面に並ぶ兵士の皆さんの顔を見ると、呆気《あっけ》に取《と》られていて……やがてその表情は嫌悪《けんお》に変わった。

早速《さっそく》、嫌《きら》われているとは……笑えない。

私を抱き上げたまま城内に大股《おおまた》で入ったランス様は、大声でロニー様を呼びつけた。

「俺の支度《したく》ができ次第《しだい》出る。エムを頼む」

「……ってことは、私が今回留守番ですか？」

「エムが『領主の妻』になるまでは、おまえが留守を預かる妻役適任だ」

……まあまだ『領主の妻』がなんたるかもわかってないから、その判断も仕方ない。

ランス様はようやく私を床《ゆか》に下ろした。

「あの、どちらへ？」

「討伐《とうばつ》だ。詳《くわ》しくはロニーに聞いてくれ」

そう言うと、くるりとどこかに行きそうになったので慌てて腕《うで》を掴《つか》んだ。

「エム、どうした？」

私は膝《ひざ》をつき、ランス様の右手を取って自分の額に押し当てた。これはこの世界の親しい相手を見送る時の挨拶である。父が数日家を空ける時、母もこうして送り出していた。

「ランス様、いってらっしゃいませ。ご武運を。お戻《もど》りをお待ちしています」

子ども服姿では今一つ決まらなかったけれど、私はランス様ににっこり笑ってやり遂《と》げた。戦地へは、後顧《こうこ》の憂《うれ》いがないように笑って送り出すものだというのも、母の教え。

するとランス様は一瞬《いっしゅん》固まり、私の手をぎゅっと握《にぎ》り返して、

「……行ってくる……」

よろよろと、壁《かべ》にぶち当たりながら少し先のドアに消えた。

「ロニー様、あの部屋がランス様の書斎《しょさい》ですか？」

「いえ、リネン室です」

「リネン室？　こんな入り口近くにリネン室っておかしいのでは？　ランス様はリネン室にどんなご用事が？」

「……シーツを替《か》えたいんじゃないですか？」

「ランス様自ら？　私、早速婚約者失格ですね。次からは私が進んで替えます！」

「くくく、はーっはっは！　苦しー！　エムちゃんサイコー！　ランス様は慣れないこと

をされて感動しただけだから。さあさあ、ここにいるとランス様が出てこられないから本当の書斎に行きましょう」

ロニー様が体をくの字に曲げて笑いながら、私を先導する。ロニー様、知的なメガネ美人という印象だったのに違ったようだ。そういえばこの世界のメガネは高価だ。ロニー様はひょっとしたら名のある一族の出かもしれない。

日当たりが良く重厚《じゅうこう》なこげ茶で統一された書斎は、まだガランとしていた。これからランス様の荷物や本が増えていくのだろう。

「さあ、エメリーン様、こちらへ」

ロニー様が手慣れた様子で、作戦を立てる時に使われる大きな机の上に地図を広げた。

「この丘を背にした赤丸が現在地です。ここから南の森で狼《おおかみ》が群れをなして平野に降り、人間の領域に入って荒《あ》らしています。領主はその討伐に向かいます」

「地図の縮尺がわからないわ。どの程度の距離《きょり》なの？」

ロニー様が意外そうな表情で私をチラリと見て、言葉を続ける。

「馬で半日。でも今日我々が動いた距離よりも遠いです。平野ですので先ほどよりも飛ばします」

「狼の群れの規模は？」

「報告では約三十。全て成獣《せいじゅう》のようです」

前世の知識では、群れは十頭でも多いほうなのだけれど三十頭とは……これは事件だ。

「確かに多すぎるわね……でも領主であるランス様が赴《おもむ》く必要はあるの？　それと私も何かお手伝いできることがあればついていきたいのだけれど」

「ランス様は地形をご自分で全て把握《はあく》するまでは、自ら先頭にお立ちになります。そしてエメリーン様は現場では……すみません。正直言って足手まといです」

どうやらランス様は完璧《かんぺき》主義のようだ。だとするとすぐには帰ってこられないだろう。後方での雑用くらい私にもできると思ったけれど……実戦経験のあるロニー様の言葉に従うほかない。

「ロニー様はこの討伐、どのくらいで収束すると思いますか？　その間私はどうサポートすればいい？」

「私もまだ土地勘《とちかん》がないのではっきりとは……三日くらいでしょうか。エメリーン様にはこの城を覚えてもらって、疲《つか》れを取って、その後はおいおい、ということで」

私が素直《すなお》に頷くと、ロニー様は少し待つように言って、部屋を出ていった。

手持《ても》ち無沙汰《ぶさた》になり窓の外を見ると、兵が十騎《じっき》ほど門から走り出ていき、しんがりを軍服に着替《きが》えたランス様がダグラス様と話しながら駆け出していった。

行ってしまった。窓枠《まどわく》を摑んでランス様が消えた方向を眺《なが》めていると、ロニー様がずらずらと三人連れて戻ってきた。

「エメリーン様、この城の者を紹介いたします。まず、家令のパウエル」

「パウエルさんはじめまして、よろしくお願いします」

「はあて？」

背が高く上質な黒いスーツを着たおじいさんが、私に向かって耳を突き出した。

「あ、パウエルは耳が遠いんだって。大きい声で言って？」

耳が遠い家令ってありなの？　まあ実務は若い人に任せるから問題ないの？　と思いながら声を張りあげる。

「パウエルさん！　エメリーンと申します！　よろしくお願いします！」

「はいはい、よろしく」

「こちら、メイド長のメラニー」

「メラニーさん、よろしくお願いします」

お仕着せのメイド服を着た中年の女性に無言で頭を下げられ……頭を起こすタイミングでしっかり睨《にら》まれた。なぜ？

「最後は軍を抜けて私たちについてきた、クレアです。お困りのこととかお使いがある時はクレアに申しつけください。女性同士のほうが頼みやすいこともあるでしょう」

いや、この若い、黒髪をきりっとポニーテールにしたクレアさんもまた、わかりやすく私を憎々《にくにく》しげに見てるけど……。

「では、私は急ぎの用事を済ませてまいります。エメリーン様、必要と思われることをすり合わせてください」

ロニー様はせかせかと出ていった。やることがいっぱいあるのだろう。

「……よくも、よくも私たちの英雄の顔に泥《どろ》を塗《ぬ》ってくれたわね！」

ロニー様が退出した途端、クレアさんは目を吊《つ》り上げて私に食ってかかってきた。

「意味がわかりませんが？」

「意味もわからないなんて、キズモノの上にバカなの⁉　あんたみたいな欠陥品《けっかん》、英雄ランスロット様に相応《ふさわ》しくないのよ！　閣下が気の毒すぎる！」

つまりクレアさんはランス様の……ファンなんだ。でも、仕方がないのだ。

「王命ですので」

「お、王命？　おおかたあんたが汚《きたな》い手を使って懇願《こんがん》したんでしょ！」

むちゃくちゃだ。王命を私ごとき小娘《こむすめ》がどうこうできるものか。

キリキリと歯を鳴らすクレアさんの横で、メイド長のメラニーさんが私の頭から足の先までジロジロと見る。私はもちろん馬臭《くさ》い少年の格好のままだ。

「本当に嘆《なげ》かわしい。あなたがこの栄誉《えいよ》あるカリーノ領の……夫人になるだなんて」

「カリーノ領？　キアラリー領ですよ？」

「誰もメイドを連れてこなかったんですの？」

スルーされた。

「何しろ急だったので。みんな都合があるでしょう？」

私は笑って言ってみた。本当は、私についていくと心配して言ってくれた姉のようなメイドは何人もいた。でもここはあまりに遠くて、家族と引《ひ》き離《はな》すのが気の毒で断ったのだ。

今、猛烈に後悔している。

「全く、これだから貧乏《びんぼう》貴族は……」

……我慢だ、今は。言いたいことはとりあえず全部吐《は》き出してもらったあとだ。生徒指導の鉄則である。

「この家の女主人はエレーナお嬢様《じょうさま》が継《つ》ぐはずだったのよ！　閣下が婿《むこ》に入って。それを……あなたのようなずるい人が無理やり横から割り込んで」

「エレーナお嬢様？」

「エレーナ・カリーノ伯爵令嬢、この城で生まれこの城で育った、私のお姫《ひめ》様です。あなたのせいで、ここを出て行くことになった。閣下とお似合いでしたのに！」

初耳だ。ランス様は前領主の娘《むすめ》さんと結婚《けっこん》して、ここを継ぐという段取りだったのだろうか。そしてそのお嬢様と恋人《こいびと》だったと？　ランス様はモテなかったと言っていたけれど実は謙遜《けんそん》で、恋仲の彼女と〈祝福〉のせいで一歩先に踏《ふ》み出せなかったってこと？

モヤモヤする。でも、納得《なっとく》できる筋書きではある。

「……とりあえず、この城のルールを教えてくださらない？　起床《きしょう》時間であるとか、食事の場所であるとか」

「あなたが次期女主人、自由に決めるとよろしいわ。と言っても婚約者なんていくらでも変えられますわよねえ。実際あなたはキズモノなのだし、この辺境で上手《うま》くやれるやら……。ふん、大きな顔をしないでほしいものね」

ツンと顔を上げメラニーが出ていき、その後クレアももう一度私を睨みつけ、そのあとに続いた。コイツらはもう、心の中で呼び捨てだ。

こんな自由が欲《ほ》しかったわけじゃない。

「ほっほっほ」

白髪《しらが》まじりの穏《おだ》やかそうなパウエルさんは、ただニコニコと笑ってる。その髪色と目尻《めじり》の皺《しわ》を見て、ふと前世の祖父を思い出し、少し肩《かた》の力が抜ける。

「よろしく……お願いしますね？」

私はパウエルさんの手を両手で包み、握手《あくしゅ》した。

書斎を出て、歩いているメイドを捕《つか》まえる。

「すみません、私のお部屋がどこか教えてくださる？」

「ひっ！　どこでも、よろしいんじゃ、ないかと？」

バタバタと若いメイドは逃《に》げていった。もうメイド長メラニーの意思は末端《まったん》まで伝わっているようだ。しょうがない。自由にしていいらしいのだから、自由にしよう。

私は片《かた》っ端《ぱし》から鍵《かぎ》のかかっていない部屋を開けていった。この城は大勢のお客様を泊《と》めることもある想定のようで、十数部屋の客間や家族用の個室があった。しかしどれもベッドや調度品に白い布がかけられており、その布は埃《ほこり》をかぶっていて……使える状態にセッティングされていないのは一目瞭然《いちもくりょうぜん》だ。

唯一《ゆいいつ》整えられていたのは、二階の最も広く、大きな窓からバルコニーに出れば眼下の城下町が一望できる、おそらく領主の、ランス様の部屋。ベッドにも手の込《こ》んだ赤いジャカード織のようなベッドカバーが掛《か》かっており、テーブルには高価なお酒の準備もある。

「ランス様、ひとまずお部屋をお借りします」

私はトランクを開けて持ってきた簡素なドレスに着替え、ソファーにバタッと倒《たお》れた。ピンと皺一つないキングサイズのベッドに、主人ではない私が最初に転がるのは気が引けた。

そもそもランス様にとって私は恋愛《れんあい》で結ばれた婚約者ではない。〈運〉の私を手に入れる方法が結婚であっただけ。先ほどの話が真実ならば、私がこのベッドに寝《ね》ることなど、今後もないだろう。

「疲れた……いろいろ」

私は腕を目の上に乗せて、まぶたを閉じた。

お腹《なか》が空いて目が覚めると、外はもう暗くなっている。カーテンを閉めランプを点《つ》け、時計を見るともう夜も更《ふ》けていた。

部屋を出て、先ほど下見をした食堂に行くと、数人の兵士がガヤガヤと酒を飲んでいる。中に入るとパタリと音が消え、皆不思議そうに私の顔を見る。

「あの、お食事はここでいただけるのかしら？」

手前の兵士が席を空けてくれようとした時に、奥に座っていたクレアが声をあげた。

「まー、婚約者様はいいご身分ですこと！　みんなの食事が済んだ頃《ころ》にやってきて、二度手間をかけさせるなんて。使用人のことなんてなんとも思ってない！」

「「こ、婚約者様？」」

皆、私が何者かわかったようで、一斉《いっせい》に立ち上がる。

「あーあ、みんな一日の仕事が終わってようやく寛《くつろ》いでいるのに、このタイミングで現れるとか、空気も読めない」

「お、おい、クレア、止めろ！」

私ははあ、と息を吐いた。

「皆様、お寛ぎのところ申し訳ありません。クレアさん、あなたも聞いていたでしょう？　私は食事の時間を訊《き》いたのに、教えてもらえなかったのよ？」

「あー嫌《いや》な気持ちになった。部屋で飲みなおそー」

クレアは私に返事をせずに立ち去る。私は呆気に取られてそれを見つめていた。

これは何？　いかに思うところがあっても、雇《やと》い主《ぬし》の婚約者にこんな態度で、彼女はこれから生きていけるの？　ランス様はお許しになっているの？

ランス様のお考えがわからない以上、どういう態度で臨《のぞ》めばいいか判断できない。

「あークレアは若くってその……すみません。食事は厨房《ちゅうぼう》に行けば、何かあるかと……」

先ほど席を空けようとしてくれた兵士が、おずおずと右手のドアを指差した。あちらが厨房みたい。ちょっとした優《やさ》しさが身に沁《し》みる。

「ありがとうございます」

私はゆるく笑って、厨房に向かった。

厨房にそっと入ると、男女の料理人がせかせかと働いていた。明日の仕込みのようだ。

「こ、こんばんは。お邪魔して申し訳ありません」

声をかけると、二人が同時に顔を上げた。

「新入りか？」

「どうしたんだい？　こんな遅《おそ》い時間に」

「あの、何か食べ物を……」

「ああ、食いっぱぐれたんだね。可哀《かわい》そうに。あのメイド長、昔から働いてた奴《やつ》に甘くて、新入りばかり働かせるからねえ。ほら、座んな！」

顎で作業台の隅《すみ》を示される。小さな丸い椅子《いす》に言われるまま腰《こし》かけた。

白髪のまじった短髪《たんぱつ》に目の細い男性が、私の前にスープをドンと置き、茶色の髪を三角《さんかく》巾《きん》でまとめ、ふくよかな体に黒い瞳《ひとみ》の女性が小さなパンを一つ手渡してくれた。

ようやく食事にありつけた。素早《すばや》く食前の祈《いの》りをして早速スプーンを手に取りいただくと、スープは根菜たっぷりで温かく、ホッとした。でも薄味《うすあじ》だ。

「あの、塩とコショウをいただいても？」

男性が眉間《みけん》に皺を寄せながらも二つの瓶《びん》を私の前に滑《すべ》らせた。私はお辞儀《じぎ》をして、少しずつかけては味見し、納得いって、ずずっと飲んだ。

「あ、あんた！」

「はい？」

「なんで茹《ゆ》で汁《じる》を飲んでるんだい？　具は皿に出して食べればいいだろう？」

女性が目を丸くしている。どうやら何か間違《まちが》えたらしい。慌てて取りつくろう。

「す、すみません。ここでは飲まないのですね。私の地方では茹で汁もスープとして飲むので勘違《かんちが》いしました」

「あんた一体どんな遠くから……味付けに文句があったわけじゃなくて、茹で汁を飲みたかったってこと？」

「玉ねぎの良《い》いお出汁《だし》が出てますし、夜になったら寒くなったので……」

キアラリーは王都よりも、温度が体感で五度は低い気がする。

「……それで、『スープ』とやらはうまくなったのか？」

男性が睨むようにして聞いてきた。

「はい、ばっちりです。ありがとうございます」

男性がスプーンを持ってきて私の器《うつわ》から汁だけすくい、味見する。

「……ふーん。大味だが飲める」

「ちょ、ちょっと、あんたばっかりズルイ！　私も味見させて！」

女性も同様に私の汁を飲んだ。

「なるほどねえ。これなら飲めるね」

「ご気分を害されたのならすみません。私の地方では、卓上《たくじょう》で自分で味付けする習慣があるのです」

でまかせだけど許してほしい。私はパンをかじり、もぐもぐと野菜を食べて、ゴクゴクとスープを飲んだ。あっという間になくなった。

「あーおいしかった。ご馳走様《ちそうさま》でした」

つい手を合わせて、そう言った。お腹が満ちると少し気持ちに余裕《よゆう》が生まれる。

「あんた……気持ちいいくらい綺麗《きれい》に食べるね」

女性は私のスープ一滴《いってき》残ってないお皿を見て、手を口に当てクスクスと笑った。でも嫌な感じではない。

「今、手を合わせたのは……なんだ？」

私に関心を払《はら》っていなさそうだった男性に、おもむろに声をかけられた。

「ああ……私の地方の感謝です」

「感謝？」

「はい、料理を作ってくださったお二人への感謝と、農家の方々やランス様や、食べ物への感謝」

「そうか……私らに感謝、か。あんた、名前は？」

「エムです」

「エム、私はタルサ、あっちは旦那《だんな》のニルス。明日からもこの遅い時間になるんだろ？いつでもおいで。エムの分、用意しといてやる。この屋敷でわかんないことがあればなんでも聞きなよ？」

「タルサさん……ニルスさん！　よろしくお願いします！」

私はペコリと頭を下げた。タルサさんは再びカラッと笑って、ニルスさんは頷《うなず》いた。

私は前世の記憶《きおく》を思い出しつつお皿を洗って、ついでに朝ご飯の時間を訊き、洗濯《せんたく》場を教えてもらう。ここのメイドはあのメイド長の息がかかっていて、誰もアテにできない。

「洗濯は、屋敷の裏の井戸で暇を見つけて洗うんだ。タライや石鹸《せっけん》は勝手に使っていい。でも干すのは、取られたくなかったら自分の部屋がいいかもね。朝食は……エムは朝も早いのかい？」

早めに活動しないと文句を言われそうだ。私はこくんと頷く。

「じゃあ、パンと卵を茹でて、新聞に包んで置いておくよ。足りるかい？」

「はい！　本当にありがとうございます。お弁当みたい」

「いっぱい食べて、もうちょっと大きくならないとね」

タルサさんにこちらの世界のコンロの使い方を教えてもらった。そんなことも知らない世間知らずさが情けなかったけれど、自分の地方と様式が違うと言って押しきった。これでお湯が沸《わ》かせて、朝から温かいものが飲める。ああ、とりあえず食事を確保した。

ホッとしてお茶を飲んでいると、二人は仕込み作業に戻っていた。知らない土地で初めて受けた飾り気のない好意。お礼をしたいけど、私には何もない。ポケットにはハチミツ味のキャンディーだけ。本当に……情けない。

「タルサさん、ニルスさん、アーン？」

「「アーン？」」

二人が口を開けた瞬間《しゅんかん》、ポイポイとキャンディーを放り込んだ。

「これは……ふふ、飴《あめ》なんて久しぶりだ、ね、あんた！」

「…………」

「このくらいしかお礼できなくて、すみません。ではおやすみなさい！」

「エム、おやすみ」

「……おやすみ」

タルサは少女が厨房を出ていくのを手を振《ふ》って見送ってから、やれやれと首を回した。

「ポケットに飴かあ、新しい家令も随分とちっちゃな子を雇ったもんだ。こき使われて痩《や》せ細《ほそ》らないように気をつけてあげなきゃね」

「ああ」

「感謝なんて久々に言われたねえ」

「……そうだな」

「この屋敷は昔から、この辺境を守るお貴族様と兵士がいっちばん偉《えら》くて、料理人なんか見下されてるからね……」

「……今更《いまさら》だ」

「あんただって嬉しかったくせに、ふふふ」

タルサは素直じゃない夫の背中をパシッと叩《たた》いた。


私は旅の間に溜《た》まった子ども服や下着を抱《かか》えて、屋敷の裏にやってきた。タルサさんに聞いていた場所に洗濯セットが置いてあり、夜中にそこを使う人は誰もいなかった。

井戸のハンドルをキコキコと上下させて、水を汲《く》む。

「私、前世の記憶が戻ってなかったら、どうなってたかしら？」

満天の星の下、たった一人で現世初の洗濯をしながら、結局運がよかったことになるのかもしれないと思った。記憶が蘇《よみがえ》ったタイミングも、タルサさんとニルスさんに出会えたことも。

なんでも前向きに考えなきゃ。『笑う門には福来る』って言うし。ちょっと違うか？

『その発想はさすがに運への期待値が低すぎて、なんだか切なくなっちゃったわ』

「ラック！」

ラックは同情に満ちた視線を私に向けながら、私が洗濯物を絞《しぼ》るのを手伝ってくれた。

『エム、こんないじわるは許されないよ。はっきりメガネに言ったほうがいい』

メガネとはまた端的《たんてき》にロニー様を表したものだ。

「わかってる。でも、もうちょっと様子を見ようと思って。ロニー様、突然《とつぜん》留守を任されて今最高に忙《いそが》しいところだし。私も現状をしっかり把握したい」

『やせ我慢してもいいことないと思うけどー。変に大人の記憶があるもんだから。あっ！』

ラックが指差すほうを見ると、はるか遠くの空から何かやってきている……と思っていると、ファルコがバサリと私の肩に舞《ま》い降《お》りた。なんて賢いの！

『エム、何か脚《あし》に巻きついてるよ』

ファルコの脚から小さな包みを解くと、『エムへ』と書いた紙と、見たこともない白い小花が一輪、入っていた。

『この花は月輪草、空気の澄《す》んだ場所で、月の綺麗な夜にしか咲《さ》かないやつだ』

「ランス様……可愛いお花」

手紙を読んで胸が温かくなる。討伐中に私のことを思い出し、花を贈《おく》ってくれたランス様。私が初めての土地での夜、寂《さび》しくないように気づかってくれたのだ。

「私、やっぱり運がいいと思うわ。ラックと出会えて」

そしてランス様と出会えた。明日も頑張《がんば》ろうと、優しく花びらに触れながら思った。

と。

キアラリー領での二日目の朝は、風邪《かぜ》のひき始めのような体調で、まずいなあと思いながらのスタートになった。今倒れるのは敵に弱みを見せるのと同じ。何か対策を取らないと。

やはりソファーで寝るのは寒かったし夜中の洗濯もよくなかった。今夜はリネン室で毛布か何か見つけようと思い、部屋を出る。

今朝は早すぎたらしく、食堂には誰もいない。真っすぐに厨房に行くとニルス・タルサ夫妻は短い休憩《きゅうけい》中なのか不在だった。

昨日の戸棚《とだな》を開けてみると、小さな新聞包みがちょこんと乗っていて、つい笑《え》みが浮《う》かぶ。メモ用紙にありがとうございますと書き、包みの代わりに置いて戸を閉めた。

お湯を沸かしながら、自分用のティーポットとカップを買おうと決めた。ひとまず昨夜のカップを借りてお茶を淹《い》れて、部屋に戻る。

食事のあと、正面玄関《げんかん》の隣の詰所《つめしょ》にいるロニー様を訪ねた。詰所とは、この城はじめ領地全般《ぜんぱん》の事務室のような部屋だ。ロニー様の周りには甲斐甲斐《かいがい》しくメイドが二人もついて世話をしていた。

「エメリーン様、おはようございます。昨夜はゆっくり眠《ねむ》れましたか？」

「どう思いますか？」

答えられない質問には質問で返す。これは幾多《いくた》の三者面談を経験した上で、かつての私が手に入れたスキルだ。私の切り返しに、ロニー様はへ？　という顔になり、同室している部下の方はポカンとして、メイドの二人は顔を真っ青にし、バタバタと退室した。

「……どういうことですか？」

ロニー様に訊かれたが、私は肩をすくめてみせるに留《とど》める。まだ自分の中で方針が決まっていないのに、ロニー様にあれこれ言っても、敵を逆上させるだけだ。

「討伐の進展状況《じょうきょう》は何か連絡ありましたか？」

「それが、途中《とちゅう》かなりの悪路のようで、昨日は三日と言いましたが、完了《かんりょう》まで一週間はかかりそうです」

一週間！　一週間もこの状態、私はもつかしら？　いや、もたない。とりあえず保身のために備蓄《びちく》しないと。

「では、私も何か、お仕事をさせていただければと」

「お気持ちはありがたいのですが、まだ一応婚約者という立場ですので、どこまでお任せするか、ランス様と詰《つ》めていないのです」

そうか、私は今お客様的ポジションなのだ。領政に手を出せる立場ではない。

「雑用でもなんでも言ってくださいね。でも特に私にやるべきことがないのなら、街に下りようと思います。ランス様の許可は貰っています。いいですか？」

「はい、ただ、討伐に半数の兵が向かったので護衛の手配がつきません」

「一人で行けるわ。城塞の中は安全でしょう？　街に早く馴染《なじ》みたいのです。それと、ロニー様、私のことなど呼び捨てでいいですよ？」

ランス様の側近で、前途《ぜんと》有望で忙しい参謀《さんぼう》だ。私に気を煩《わずら》わせる手間がもったいない。

「主君の奥方《おくがた》になる女性にそういうわけには……でもまあいいか。場に応じて使い分けるよ、エムちゃん。で、外出だったよね」

ロニー様は上質な紙を取り出して、さらさらと何か書く。覗《のぞ》いてみると、『この者の身元はロニー・ラドグリフが保証する』と癖《くせ》のない教科書のような字で書いてあった。

ラドグリフ……ロニー様は代々宰相《さいしょう》を輩出《はいしゅつ》するラドグリフ侯爵家《こうしゃくけ》のご令息なのかもしれない。お妃《きさき》教育では確か男子が二人いたと……。そんなロニー様が私の保護者になってくれたのだ。

「これは商売の許可証などで使う、領内ではこの部屋にしかない紙だよ。見る者が見ればわかる。何か困った時は、これを見せればここに連絡が来るから安心して」

ロニー様はそれを封筒《ふうとう》に入れて表に通行許可と書き、私に手渡した。

「ありがとうございます。はあ……ロニー様、達筆ですね。私、寝る前に毎日この文章をお手本に練習することを日課にします」

「あ、え……もう、エムちゃんってば……」

ランス様の部屋のバスルームには私の洗濯物がところ狭しと並んでいる。空気が乾燥《かんそう》しているからか、昨夜洗った子ども服はもう乾《かわ》いていた。私はいそいそとそれに着替えた。

早速出かけたいところだが、その前にやるべきことがある。退路の確保だ。

これほど大きな屋敷であれば、絶対に隠《かく》し通路が数本あるだろう。バルト伯爵家にすら、両親の寝室《しんしつ》から外に繋《つな》がるルートがあった。お妃教育でも結婚し、妃の間に入ったらまずそこを確認するように言われていた。王家の女は人質《ひとじち》に取られると、始末が悪いから。

ここは常に他国の脅威《きょうい》に晒されている土地だ。すぐに脱出《だっしゅつ》できるように、あまり複雑な仕掛《しか》けはしていないはず。バスルームからクローゼットまで全ての引き出しや扉《とびら》を開け、弱そうな壁をコンコンと叩いていく。

壁の音を聞き、本棚《ほんだな》を調べ、少しだけ入っていた本のページをパラパラとめくる。ベッド周りを調べ、床に潜《もぐ》る。

「ない……デスクの下かしら。でもさすがに動かせない。ランス様なら動かせるの？」

ひょっとして、ここではなくて書斎にあるのだろうか？　と思いながら、部屋の奥の大きな暖炉《だんろ》を見る。

煤がついていない。領主が変わって掃除《そうじ》したとしても綺麗すぎる。

私は膝をつき、組んである薪《まき》を退けた。空になった炉《ろ》の中に入ると、右の側面に不自然な窪《くぼ》みがある。躊躇《ちゅうちょ》なく手を入れて押してみる。引いてみる。開いた！

それは鉄板のドアだった。中を覗き込むと身を潜《ひそ》められる小さな空間があり、その奥に真下に向かってハシゴが降りている。真っすぐ一階に降りられるようだ。その後どう続いているのか……。頭上に小さな明かり取りがあり真っ暗ではない。夜はランプが必要だろうけれど。

私は改めて身支度《みじたく》を整えて、マジックバッグを服の下に斜《なな》めがけする。そして、私が通れる隙間《すきま》を残して薪を組みなおした。髪は後ろで一つに結び、シャツの中に入れる。

「行きますか」

私は四《よ》つん這《ば》いになり、暖炉の奥の扉をくぐった。

蜘蛛《くも》の巣《す》を払いながらハシゴを降り、表の世界の人の話し声を聞きながら壁の中をなるだけ音を立てないように注意して通ると、百メートルほどで行き止まった。正面の壁を触《さわ》ると入り口と同じ窪みがある。そこを引くと、一気に明かりが射《さ》し込んだ。

出口は屋敷の裏手と思われる薪置き場だった。湿気《しけ》らないように簡単な屋根があり、入り口同様薪でカムフラージュされている。すぐ目の前に城を囲む塀があり、この塀のどこかにも外部への出口があるのだろうと推測できる。

私はそっと隠し通路から這《は》い出《で》た。戻る時はこの鉄板を押すだけ。通したくない時は中につっかえ棒ならぬ、つっかえ薪をすればいいようだ。壊《こわ》した薪を組みなおし、人気《ひとけ》のないのを確認して、薪置き場を出た。

「うーん、眩《まぶ》しい……」

「そうですかな？」

「キャッ！」

背後から声をかけられた。恐る恐る振り向くと、おじいさん家令のパウエルさんだ。

「パ、パウエルさん、散歩ですか？」

「ほっほっほ」

見られた？　わからない。……まあでも見られても問題ないか。私はここでの生活の自由を許された領主の婚約者だ。そしてパウエルさんは家令。隠し通路など、当然ご存じのはず。

私はパウエルさんに自然な風を装《よそお》って お辞儀をして、正門に向かった。

門番の若い兵士は私が領主の婚約者だと知らないようで、ロニー様の封筒を見せるとさっと脇《わき》に退《ど》き、目指す店への道筋も簡単に説明してくれた。

十五分ほど坂道を下ると商店の立ち並ぶ地域に出た。キョロキョロと街並みを確認しながら目的地の雑貨店に辿《たど》り着《つ》き、歩きやすいぺったんこのブーツと帽子《ぼうし》、そして肌寒いので羽織る上着を買った。帽子とブーツと共にその場で身につける。

ランス様が靴《くつ》を買ってくれると言っていたけれど……時間切れだ。

店主から情報を集め次々と目的の店に向かう。ティーポット、カップは瀬戸物《せともの》店で買い、お茶とキャンディーと、ご飯を食べ損《そこ》なった時のための非常食を食料品店で買い、薬屋で風邪薬を買う。どの店も不足のない品揃《しなぞろ》えで繁盛《はんじょう》している。いい街のようだ。

薬はおばあさん薬師が私の症状《しょうじょう》を問診《もんしん》し、その場で薬草や木の実をゴリゴリと砕《くだ》いて潰《つぶ》して作ってくれた。生薬とは効きそうだ。森で薬草採取してここに卸《おろ》せば、私も病気の領民に、ランス様に貢献《こうけん》できるだろうか？

通り道に書店があり、薬草の本があったのでそれも買う。すっかり荷物が重くなったから、本日の買い物はこれで終わりにしたほうがいいだろう。

歩き疲れたことだし食堂に入ることにした。前世の経験を参考に、通りから店内が見えて、清潔そうで、お客さんでそこそこ賑《にぎ》わい、お高くなさそうな店を選ぶ。こちらのお店の名前は年季の入った看板によれば『ブラウンズ』、らしい。運よくカウンター席が空いていた。

昨夜からさっぱりしたものばかり食べているので、キビキビ働くウエイトレスに魚料理を注文した。ほっかほかの見るからにおいしそうな料理が出てくるや否《いな》や、モリモリと食べていると、厨房から出てきた中年のお腹が貫禄《かんろく》たっぷりなシェフに、

「ぼうず、よっぽど腹減ってたんだな！」

と、帽子の上から頭を撫《な》でられてしまった。うちのニルス・タルサ夫妻といいシェフというのは職業柄《がら》、お腹を空かせた若者を放っておけないのかもしれない。

「とってもおいしかったです！　どういう味つけなのですか？」

「なーんてことない、森のハーブと塩とみかんで漬《つ》け込んだだけだ」

私はいそいそとさっき買った本を取り出し、ペンを渡《わた》してどのハーブかチェックしてもらう。しかしこの薬草の本は使いにくい。索引《さくいん》や分類がないのだ。

「ぼうず、勉強家だなあ！　偉いぞ」

そういえば、さっきからぼうずって……まあいいか？

ハーブと岩塩とみかん汁の配分を教えてもらい、ハーブのページに書き込む。

「わざわざオレの料理を書き留めるなんて、そのうち領主様のお抱え料理番にでもなれるかもしんねえなあ」

領主様のお抱え料理番どころか、一応妻予定なんだけれど。つい苦笑いする。

このシェフが店主のブラウンさんで、常連の方々にはマスターと呼ばれていることがわかった。隣の酔《よ》っ払《ぱら》いが体を乗り出し話に加わってきた。

「ぼうず、我らの新しい領主様、見たか？　おっそろしかったなあ。あの紅《あか》い目で睨まれたらちびっちまうぜ」

「でも味方なんだから百人力だろうが！」

「「「我らの新しい領主様、万歳《ばんざい》！」」」

ランス様、早速領民に慕《した》われていらっしゃる。私まで嬉しくなって、笑みが浮かんだ。

「それにしても、王子に捨てられたわがまま令嬢、まだ来ねえのか？　普通《ふつう》一緒に来るんじゃないのかよ。こんな片田舎には来たくねえってことか？」

え？　私、到着していないことになっているの？　街の食堂でまで、ヤイヤイ悪口を言われているなんて。捨てられた女……そのとおりなだけに、立場がない。

「それがな、ここだけの話だがその女、実は黒髪に紫《むらさき》の眼の魔女《まじょ》でな、王子を魔法《まほう》で魅《み》了《りょう》したけど満足できなくなって、体力底なしの将軍閣下に狙《ねら》いを変えて、ぶちゅーっとこう、かまして、堕《お》としたって噂《うわさ》だぜ！」

ブ――ッ！　わ、私は淑女《しゅくじょ》だというのに人生で初めてお茶を噴《ふ》き出してしまった。私がわがままを発揮して王子から英雄に強引《ごういん》に婚約者を挿《す》げかえた、という噂が出回ってるのは感じ取っていたけど、なんか思ってたのと違う？　え？　セクシー系？

「はっは、ぼうずにはチコーッと刺激《しげき》が強い話だったか！」

後ろに座っていたヒゲもじゃのおじさんがガハハと笑い、首に巻いていたタオルでゴシゴシと私の汚《よご》れた顔を拭《ぬぐ》い、背中をバンバンと叩く。

「マジか？　魔女って言ったらすごい魔力持ちで、ご多分に漏《も》れず、べっぴんなんだろうな……くー！　俺も堕とされてみたいぜ！」

「妖艶《ようえん》な悪い女に堕とされる……男のロマンだ！」

「きっとナイスバディでお色気ムンムン……チクショー！　羨《うらや》ましいぜ領主様！」

「さっすが英雄、バンザーイ！」

……これって醜聞《しゅうぶん》に違いないけど……ハードルが確実に上がった気がするのはなぜ？

『よっ！　悪女エメリーン。これだけの男をやきもきさせて、罪な女ねー』

いつの間にかラックまで姿を現して、心底面白《おもしろ》そうに私をからかってくる。

大いに盛り上がる常連さんたちとうちの精霊《せいれい》を前に私が顔を引きつらせていると、「痩せすぎだ食え」と、皆さんからどんどんお皿に食べ物を分《わ》け与《あた》えられ、私はすっかりその輪に引き入れられたのだった。

まだ明るいうちに、上り坂の家路につく。坂道ゆえに行きの倍時間がかかった。この地に根を下ろすのであれば、ますます体力をつけないとだめだ。〈空気銃《じゅう》〉発動のためにも。

重い荷物を引きずるようにしてぜえぜえと城の門につき、ロニー様の封筒を見せると、

「おかえり、買い出しお疲れ様」

と門番が笑ってくれた。……あなたは私の正体を知っても、今のように労《いたわ》ってくれますか？　としょうがないことを考える。

夕暮れ時、外に人影《ひとかげ》がないとはいえ注意を払い、隠し通路を使ってランス様の部屋に戻る。

「ただいま。無事に帰ってきました……」

崩《くず》れた薪を組みなおしながら独りごちて、力を抜いた。

手早くドレスに着替えて髪を軽く結《ゆ》い、明るいうちに洗濯に向かう。途中メラニーに出会うが、ツンとそっぽを向かれ、あまりの職業倫理《りんり》の低さに心の中で笑ってしまった。今日の外出の成功が、私の心に余裕を作る。

洗濯場に着くと、若いメイドの先客がいた。

「こんにちは」

声をかけると、ぎょっとした顔をして慌てて荷物をまとめて戻っていった。もちろん……さっきの余裕など消えて、悲しくなった。

洗濯を終えて部屋に戻ると、何か違和感《いわかん》がある。洗ったものをバスルームに干して、取り込んだ洗濯物は散らかしたまま、食事に向かう。また空気が読めないとなじられたくはなかったので、食堂を通らずにダイレクトに厨房に行った。

夫妻は温かく迎えてくれた。食事をしながら今日は買い物に行ったことを話し、品物と値段を説明したら、適正価格だと教えてもらってホッとした。ハーブや薬草を摘《つ》みに行きたいと言い、群生地の特徴《とくちょう》を教えてもらう。おやすみなさいと挨拶して、部屋に戻った。

――違和感の正体がわかった。誰かが部屋に入っている。メイドとしてお給料を貰っている。あえて無造作に見えるように放置した洗濯物が動いている。メイドとしてお給料を貰っているのであれば、コソコソせずにいっそ畳んでくれればいいのに。

メイドが家人の室内に入るのは普通だ。バルト家では当然世話になっていた。でもそれは信頼《しんらい》関係があって、かつ仕事をする場合だ。

私に対し嫌悪をあらわにしている人間が、何をするでもなくこの部屋を自由に出入りしている。ゾッとして自分を抱きしめた。

こんな気持ちでこの部屋で寝られるだろうか……そう思いつつも、昨夜寒かったので毛布を貰いに、とりあえず一階のリネン室に出向いた。

リネン室は案外広くて、タオルにシーツに布団《ふとん》類がドッサリ積んであった。入り口近くには、石鹸がギッシリ入った重い木箱が積んである。

ふと閃《ひらめ》いた。この屋敷でメイドがリネンを毎日替える相手はランス様だけだ。そのランス様は不在で来客の予定もない。ということは、ここには当面誰も寄りつかないのでは？

私は一旦《いったん》ランス様の部屋に戻った。散らかしたものを片付けて、買ってきたお茶や食べ物は開けられたら一目でわかるように紙袋《かみぶくろ》に入れて、糊《のり》で口をべったり貼《は》り、「封《ふう》」と漢字で書く。字がズレていたら、開封《かいふう》されたということだ。

私は再び子ども服に着替え、そっと様子を窺《うかが》いながら廊下《ろうか》に出てリネン室に行き、ドアを閉めた。そのドアの前に石鹸の木箱をズルズルと引きずって置く。

「……いっちょあがり」

私は布団の積んである棚《たな》によじ登り、中をこじ開けて体をねじ入れた。ちょっと重いけど、おかげで転げ落ちることはないはず。それに温かい。前世の、押《お》し入《い》れで遊んだ子ども時代を思い出す。

「自由にしていいって言ったもの。怒《おこ》らないでくださいね」

討伐先で、あの日のように皆で火を囲み暖を取っているであろうランス様を想像していると、コツコツと窓が叩かれた。ここにいることは誰にもバレていないはずなのにと身構えながら布団から顔を出せば、カーテンのない窓の向こうにファルコが首を傾げていた。

私は慌てて窓を開け、脚から手紙を外す。

「ちょっと待ってて、確か干し肉が袋《ふくろ》に……そして私も返事を書きたい。あ、でも便せんもここにはないわ」

焦《あせ》って持ち込んだ荷物を漁《あさ》っていると、ファルコが急げとばかりにピイと鳴いた。私はしょうがなく髪を結んでいた、最近の定番の赤いリボンを彼の脚に括《くく》りつけた。その瞬間ファルコは飛びたった。

「もう行っちゃった」

呆然《ぼうぜん》とファルコの後ろ姿を見ていたらくしゃみが出た。我に返って窓を閉め、月明かりで手紙を読む。

『エム、変わりないか？ 急いで討伐を終わらせるから。会いたい。戻ったら一緒に城下を散策しよう。ランスロット』

再び窓に視線を移すと、冴《さ》え冴《ざ》えとした月にファルコの影《かげ》が消えていく。その向こうでランス様は剣《けん》を抜き戦っている。

「私も頑張ります。おやすみなさい、ランス様」


昨夜は安眠《あんみん》できたけれど、少し熱っぽい気がする。

私はリネン室を元どおりにし、密《ひそ》かにランス様の部屋に戻った。部屋は特に荒らされた痕跡《こんせき》はない。誰かは知らないが夜に忍び込むつもりはないようで、胸を撫で下ろす。

朝食の包みとお湯を昨日買ったティーポットで部屋に持ち帰り、今日のスケジュールを組みながら食べる。

そして昨日同様、詰所に顔を出す。ロニー様はすでに書類と格闘《かくとう》していて、今日も私が必要な用事はないようだ。

「では、狼は他の場所に移動してはいないのですね？」

「うん。足止めできている。この手紙は……またエレーナ嬢《じょう》か。おい、これはランス様の未決箱へ入れてくれ」

　気になる名前が聞こえて、ロニー様が仕分けた手紙を視線で追うと、女性の好みそうな花柄《はながら》の封筒に、ランス様の名と、エレーナ・カリーノという名が読み取れた。

　ストンと腑《ふ》に落ちた。……そうか、ランス様は彼女と今も連絡を取り合っているのだ。

「エムちゃん？　少し顔色がよくないようだけど？」

……この心にぽっかり穴が空いたような気持ちは、きっと風邪のせいだ。今日の予定は薬屋を一番にしよう。

「気のせいですよ。そういえばロニー様の封筒のおかげで城下でのお散歩もスムーズです。昨日もキャンディーを買ってしまいました」

　お一つどうぞ、と部屋にいた四人に配った。

「これはランス様に嫉妬《しっと》されそうだなあ」

　ロニー様は早速パクッと口に入れた。

「いかがですか？」

「ん？　ミント味だね」

「正解です。ふふ、リクエストを受け付けますよ？」

「今日も城下へ下りる？」

「はい、早くこの街の道を覚えたいのです」

「エムちゃん熱心だね。まだまだ引き継ぎ業務などが立て込んでいて、付き合うことができずごめんね。クレアはきちんと務めを果たしてる？

苦笑《くしょう》する他なく、一礼して部屋を出ようとすると、中年の兵士が声をかけてきた。

「お、お嬢様、ご馳走様です！」

その兵士はかなり年上の、父と同年輩《どうねんぱい》に見えたので、立ち止まってお辞儀をした。

「エムちゃん、可愛いだろう？　おまけに礼儀正《れいぎただ》しい」

「は、はい！」

「朗《ほが》らかで裏表がなくて、疲れきったランス様を笑顔《えがお》にしてくれる。ランス様の嫁《よめ》じゃなかったら、私の嫁にしたいくらいだよ。私はすっかりエムちゃんの大ファンなんだ」

「ロニー様……そんな……だったら皆が言ってることは……」

昨日と同様に街に下りた。子ども服姿で、昨日買った帽子に髪の毛をきちんと入れたら、確かに少年のように見えた。

まず薬屋に行き、再び風邪薬を作ってもらい、その場で飲む。

「どうして昨日の薬じゃ効かなかったんだろう？　おかしいねえ……」

おばあさん薬師のイブさんは、頭をひねりながら少し調合を変更《へんこう》してくれた。

そして今日の一番の目的地である武器店に着くと、真っすぐ店員のもとに向かう。

「すみません、このとおり非力な初心者の僕でも使える弓を買いたいのですが」

全く知識がないのだから、潔《いさぎよ》く最初から専門家に頼《たよ》るのだ。

「弓じゃなきゃダメなの？」

若い細身の男性店員が不思議そうに訊いてくる。

「えーっと、宿題なのです」

と、適当なことを言うと、店員──アランさんはカウンターから出てきてくれた。

「ふーん、じゃあちょっと筋力を見せて」

アランさんは唐突《とうとつ》に私の肩から二の腕を握った。くすぐったくて、「ひゃいっ！」と変な声が出た。

「え、この筋肉、男の子じゃ……？　あ、くすぐったかった？　ごめんね」

アランさんは一瞬表情をこわばらせたように見えたけど、すぐに商品を見繕《みつくろ》ってくれた。

「一番小ぶりなのはこれ。だけど弦《つる》を引く重さは十二キロ。こっちはちょっと大きいけども重さは八キロ。最後のこれはボウガンタイプ。小ぶりだし、バネを使ってるから引く力はさほどいらない。でも高い」

握らせてもらうと、十二キロの弓は全く引くことができなかった。アランさんから残念そうな視線を送られた。八キロの弓はギリギリ口元まで引けた。ボウガンは便利そうだが他の弓の四倍の値段で、少年が買うには不相応だろう。そもそも本当に使うわけじゃない。

「八キロにします」

「うん、一択《いったく》だったね」

リーチに合わせた長さに切ってもらった矢を五本、一緒に買う。

「獲物《えもの》を捌《さば》くナイフは持ってるか？　……護身用にもなるよ。それと肉を入れる袋。これは薬を染み込ませてあって臭くならない優《すぐ》れものだ」

獲物があるかわからないけれど、ナイフは一本あったほうがいいかもしれない。ランス様は今、隣にいないのだ。自分の身は自分で守ろう。言われるままにそれらも購入《こうにゅう》した。

「幸運を祈る！　困ったらいつでも相談においで」

アランさんはカウンターで頬杖《ほおづえ》をつき、少し心配そうに手を振ってくれた。私も大きく手を振って店を出た。ランス様、城下は親切な人でいっぱいです。

「ウサギを狩《か》りたい？　エム一人でか？　エムんとこの雇い主、スパルタだなあ」

ブラウンズで今日も早めのランチを食べながら、マスターのブラウンさんに相談する。

「悪いこと言わねえ、やめとけ。エムじゃ、ウサギどころかネズミ一匹《いっぴき》狩れねえよ」

「だから宿題なんです！　こんな僕でも狩れそうな、歩いて行ける出没《しゅつぼつ》ポイントを教えてくださいっ」

ブラウンさんはやれやれと地図を描《か》いてくれた。

「仕入れが足りない時に行く場所だ。エム、おまえは荒らさない……荒らせないだろうから教えてやるが秘密だぞ？　こっちに行くと川がある。ここで道具が汚れたら濯《すす》げる。二時間粘《ねば》って狩れなかったら、ツキがなかったと諦めて帰るんだ。いいな！」

「マスター、ありがとうございます」

教えてもらった森は城塞の外で、ランス様が討伐に向かった方向と逆だ。まだ日は高い。私は覚悟《かくご》を決めて店を出た。

弓と矢筒《やづつ》を背負い、城塞の門まで来る。強面《こわもて》で年配の門番にギロリと睨まれたが、精一杯《せいいっぱい》平気なふりをして、ロニー様の手紙を見せる。

途端に門番は態度を軟化《なんか》させ、心配そうに眉《まゆ》を顰《ひそ》めた。

「一人で外に出るのか？　お使いか？」

私は黙《だま》って頷いた。

「うーん、日没《にちぼつ》までに絶対戻ってくること。約束できるか？」

「はい！」

真剣《しんけん》な顔で返事をすると、彼は渋々《しぶしぶ》道を開けてくれた。


私は北西に向かって早歩きし森に分け入り、三十分ほどでブラウンさんに教えてもらったポイントに辿り着いた。

「よっこらせ」

弓矢や荷物を木の根元に下ろし、私自身も物音を立てないように気配を断《た》つ。気配を断つのもお妃教育で習った。暗殺者から身を隠すために。こういう状況でお妃教育が役に立つなんて、皮肉なものだ。

十五分ほど息を潜めていると、茶色い何かが視界をよぎった。目を凝《こ》らすと草むらに長い耳を発見。先日同様に右手を上げて狙いを定め、バンと心で念じた。ボスッという空気が抜ける音と同時に、バサッと草むらに何かが落ちた音がした。

私は立ち上がりウサギを見に行った。絶命し倒れている。しっかり胸に貫通《かんつう》した。

当然弾《たま》は残らず、傷痕《きずあと》は弓で射抜《いぬ》かれたように見える。つまり弓を持つのはカムフラージュである。〈空気銃〉はマンガでは私しか使えなかったから、人は弓で狩ったと疑わないはず。二巻までの知識だけれど。

『体が潰れてないから……十のうち八の威力《いりょく》かな』

スッとラックが現れて、ウサギの体を覗き込む。

『エム、せっかくだから、あと二、三発撃《う》ってみせて。今この周辺は誰もいないから』

ラックに促《うなが》され立ち上がり、近くの木の幹に続けて二発撃ってみた。計四発目を撃とうと思ったら手が持ち上がらない。魔力も体力もゴソッと抜けてしまった感じだ。だるい。

私よりも先にラックが幹を検分する。

『全部命中しているけれど、貫通していないものもあるし、数字で言えば順番に八、一、五の威力ってとこね。それにしてもエムってばスタミナがなさすぎよ。エムの魔力では三発が限界って覚えておきな』

げっそりしている私にラックが呆《あき》れたようにそう言った。

この〈祝福〉のせいで振り回されっぱなしだけれど、身を守る大きな技《わざ》を貰えたことはありがたい。

「うん。私の守護精霊様、ありがとう」

『はっはー！　私の偉大《いだい》さを噛《か》みしめるといいわ！』

ラックが腰《こし》に手をあてて得意げに笑った。私もつられて笑顔になったあと、地面に倒れたウサギに視線を落とした。

「ごめんね、キチンと綺麗にいただくね」

私は腰元《こしもと》からナイフを引き抜き、ウサギを捌く。新品だけに怖《こわ》いほど良く切れた。

前世、私の卒業大学の理学部生物学科の最難関授業は、ニワトリの解剖《かいぼう》だった。教授の方針で、生物の教師になるためには、解剖の知識と生き物の命への感謝と、自分たちのために日々つらい仕事を引き受けてくれている人への感謝を忘れず、それを生徒に必ず伝えよと。

現世でナイフを握るのは初めてだけど、まあ、上手くできたのではないだろうか。私は先ほど買った袋に肉を入れ、毛皮は木に吊《つ》るした。暗くなるまでもう少し時間はある。

私はふらついて、木の幹に寄りかかった。

『エム……いいかげんにしなよ。もうSOSを出さなきゃ。倒れちゃうって』

「大丈夫《だいじょうぶ》。こんな非常事態で慌ただしい時に、私が面倒《めんどう》をかけるわけにはいかないよ」

『全く賛同できない。そういうレベルはとっくに越《こ》えてる』

「ラックは全部わかってるでしょ？　ランス様と私は契約《けいやく》結婚なのよ。ランス様が〈死〉の〈祝福〉から自由になったら、私は用済みになるの。私のあとに本当のランス様の愛する奥様が入った時のことを考えると、私は大人しくしておくべきよ。エレーナ様からラブレターが届いてたじゃない。ランス様はエレーナ様の〈祝福〉への理解を待っているのかもね」

『融通《ゆうづう》の利《き》かないあいつが守護についている人間が、二股《ふたまた》かけるなんてありえないんですけどー』

ラックが腕を組んで、私の前で仁王立《におうだ》ちし、凄《すご》んでみせる。もちろんランス様は二股などかけない。契約の間柄《あいだがら》の私はそもそもカウントされていないのだ。

「ラック、私、ちゃんと狩りもできたし、捌くこともできた。食料の調達が上手くいったから、これで一応生きていく算段はできたと思う。私のこれからの目標は、この土地に慣れて、少しは役に立って、〈祝福〉仲間のランス様の幸せを見届けたら、きちんと立ち去って自活して生きていく、よ。このキアラリー領でも、バルトの神殿《しんでん》でもラックが一緒にいてくれれば、十分楽しい余生になるわ」

『はあ？　エムの幸せはどこにあるのよ』

「前も言ったけど、今のこの時間は私にとってオマケみたいなものだもの。ランス様が幸せになることを応援《おうえん》することに全振りするの」

『……理解できない。やせ我慢ばっかり。エムはバカよ』

ラックはプイッと姿を隠してしまった。途端に心細さが押し寄せて、唇《くちびる》を噛む。

私は重い体を引きずって、帰《かえ》り支度《じたく》を始めた。明日は薬草を探してみよう。

無事城塞を抜け、思い立って雑貨店に立ち寄り便せんを買った。城にも便せんくらいあるだろうけど、くださいと頭を下げて無視されてもつらい。これでランス様のファルコ便に返事を書けると思うと心が少し浮き立ったが、それから城までの上り坂は想像以上にきつかった。

城に着くと、着替えてすぐ厨房に行った。夫妻は夕食に向けて忙しく働いている。

「おやエム、今日は早いね。お腹空いたのかい？」

「あの、これ、いつものお礼です。お二人で召《め》し上がってください」

私は保存袋《ぶくろ》からウサギの肉を取り出して、作業台に置いた。

「エム……どうしたの？　これ」

「狩ってきました」

ニルスさんが目を丸くして、口笛を吹いた。そういうかっこいい仕草、私もできるようになりたい。そんな飄々《ひょうひょう》とした一人前の大人になることも目標にしよう。

「こんな新鮮《しんせん》で状態のいい肉……下の肉屋で売ったらいい値段がついただろうに」

タルサさんの言葉にハッとする。狩った獲物は現金化できるのだ。いいことを聞いた。

「いつも私のためにおいしいご飯をありがとうございます！　の気持ちなんです」

「そうかい……」

タルサさんは目尻を下げて、私の頭を撫でてくれた。それをくすぐったく思っていると、ニルスさんが眺めていた肉から顔を上げた。

「おい、エム。本当に俺たちにお礼をしたいって言うならば……これでおまえの国の料理を作って俺たちに振るまってくれよ。まかないってことで」

「え――……」

前世の記憶を辿る。ウサギは鶏肉《けいにく》みたいな味のはず。私が作れる簡単な鶏肉料理……。

「小麦粉とバターと牛乳と玉ねぎ、ありますか？」

ニルスさんが口を右の端《はし》だけ器用に上げて、持ってきてくれた。

「よし、作ってみます。おいしくなくても、がっかりしないでくださいね！」

私は小麦粉、牛乳、バターでホワイトソースを作る。焦がさないように弱火でじっくり混ぜながら。固形ブイヨンという便利なものがないのがつらいけれど、玉ねぎと、ウサギ肉の素材の旨味《うまみ》でカバーするしかない。

もったりしてきたので味見をすると、バターが上質だったのか、コクのあるなかなか濃《のう》厚《こう》な味になっていた。私はいそいそとウサギ肉を包丁で一口大に切り、玉ねぎをくし切りにしていく。冷やしてないので涙《なみだ》が出てきた。それを借りたエプロンで拭っていると、

「ひっ！」

食堂と繋がるドアが開き、メラニーともう一人メイドが立っていた。悲鳴は彼女のものらしい。

「厨房に入り浸《いびた》るなど嘆かわしい！　それに涙を見せるなど、全くこの城に相応しくない

女だこと！」

メラニーはそう言い捨てて舌打ちし、バタンと音を立ててドアを閉めた。

「はあ……もう嫌になるね」

タルサさんがぼそりと零《こぼ》した。全くだ。タルサさんが私と同じ感性なことにホッとしつつ、再び玉ねぎを切る作業に戻り、鍋《なべ》でそれとウサギ肉を炒《いた》める。焦げる前にホワイトソースを加え、牛乳と水で自分好みのトロミにしたあと、塩とコショウで味を調《ととの》えた。

ニルスさんの食堂の給仕《きゅうじ》も終わったようだ。私が三つのボウルに注ぎ分けていたら、タルサさんがパンをこんがり焼いて、ボウルの端に添《そ》えてくれた。

さらにニルスさんはそのボウルを眺め、グリーンのハーブを上から数枚散らした。

「素敵《すてき》です。お料理に彩《いろど》りって大事なのですね！」

「そのハーブはウサギの臭みをごまかすんだよ。で、できあがりでいいのか？」

「はい。ウサギのシチューの完成です！　召《め》し上がれ」

家庭料理をプロに食べさせるのは、正直恥《は》ずかしいのだけれど……私も一口食べてみた。

味見を繰《く》り返《かえ》したので自分好みに仕上がっている。勇気を出してウサギも食べれば、思ったよりも脂《あぶら》があり、鶏《とり》のモモみたいだ。おいしいけれど、量は食べられないかも……。

そう思って顔を上げると、二人とも、無言で食べている。

「あの……いかがでしょうか？」

「バカだねえ、おいしいに決まってるじゃないか！　まさか牛乳で煮《に》るとはねえ……」

タルサさんが、ふざけて私を小突《こづ》く。

「ほっこりする味だよ。ああ、私ら人の作ってくれた家庭料理なんて……何年ぶりだろうねえ、ニルス？」

「……初めてだ」

なるほど。プロだからこそ人に料理してもらったことなどなくて、ありがたがってくれているってわけだ。ひとまず喜んでもらえてよかった。

「エムの国は汁ごと食べる料理が多いんだねえ」

いや、前世の私はものぐさだったから、一品料理が楽だっただけです。

「これ……ここのメニューにしてもいいか？」

「む、無理です！　しょせんは家庭料理だもの。それにこれは三人だけのレシピです！」

「エム、つまり、私たちだけのとっておきってこと？」

「そう。それに、お二人が食べたい時は、私がいつでも作りますから」

見たところ他にシェフはいない。お二人もたまには休まなければ。

「そうか……エム……ありがとな」

ニルスさんが、ちょっぴり笑ってくれた。くすぐったい気持ちになった。

予定になく料理などしてしまい疲れた私は、洗濯やあれこれを明日に回し、リネン室に向かった。バスタオルを畳んで枕《まくら》にしてみる。これで昨日よりも快適に眠れるだろう。今日もなんとかなった。明日もまだ、頑張れる。まだまだへこたれたりしない。

「ランス様、おやすみなさいませ」

目を閉じると、すぐに睡魔《すいま》が襲《おそ》ってきた。

長年の習慣で、本日も早起きする。リネン室を元の状態に戻して、バスタオルや石鹸を貰ってランス様の部屋に戻る。

今一つの体調なのは、風邪が治っていないのか？　昨日初めて魔法を魔力切れ寸前まで使ったからなのか？

どっちだろうと思いつつ、昨日できなかった洗濯に向かう。洗濯場はまだ薄暗《うすぐら》く、無人でホッとした。前回は惨《みじ》めな気持ちになったから。

朝食をとりロニー様のもとに伺《うかが》い、やはり私の仕事はないことを確認すると、弓やら荷物を持って今日も街に下り、城塞を出て昨日の森に向かう。城塞の門番は昨日と同じ男性で、また昨日と同じ約束をさせられた。面倒見のいい人だ。

しばらく歩いて森に着き、周囲を見渡《みわた》し早速〈空気銃〉を大樹に一発放つ。しかし葉が少し揺《ゆ》れただけで傷もつかなかった。今日は魔力・体力共に基準値を満たしていないということだろうか？　魔力は栄養をたっぷりとって休養すれば戻るのだけど、足りていない？

諦めて、先日買った本を手に植物採集に取りかかる。ブラウンさんに教えてもらった魚料理にぴったりのハーブと、ニルスさんがシチューに入れた臭み消しハーブ。そしてイブさんの使っていた薬草を、皆の助言を思い出しながらありそうな場所を見当をつけて探す。見つけたら、本をもう一度確認し、使える部分だけ摘む。極力根元は残す。

親指ほどのキノコもたくさん生えている。確認すると食べられるようなので、数本採ってみる。前世、キノコはヘルシーで好きだった。

植物採集は得意だ。前世では採集、スケッチ、標本作りは仕事の一部だったから。

「わ、このピンクの花、花弁が七枚なんて珍《めずら》しい。初めて見たかも」

いつか生活が落ち着いたら、キアラリー地方の植物図鑑《ずかん》を作るのはどうだろう？　前世の記憶を生かして分類し、かつ日常で生かせるよう植生図も付けて、食べられるか否か、特に毒の有り無しを文字が読めなくてもマークを工夫《くふう》して、わかりやすく書く。

この過酷《かこく》な土地に生まれてきてくれた子どもたちが毒で命を落とさないように。そんな図鑑を作ったら、領民たちやランス様は私を使える人間だと認めてくれるだろうか？

ほどほど収穫《しゅうかく》すると日が高く昇《のぼ》り、気温も上がった。春先は天候が安定していて助かる。

私は戦利品を袋に入れて、川を探す。ブラウンさんの地図どおりの場所に小川が流れていた。

キョロキョロとあたりを見回す。人気《ひとけ》はない。私はバスタオルを取り出し、身震いしながら服を脱《ぬ》いだ。もう限界だ。

ゴシゴシと体を洗いたかった。最後に宿に泊まって以来、拭《ふ》くだけだったのだ。ランス様のバスルームの使い方は今一つわからないし、誰かが勝手に入ってくると思うと、結局使うことなんて無理だった。

物音を立てず服を脱ぎ、裸《はだか》になって、足先をそっと水につける。

「冷たいっ！」

上流の雪解け水なのか、川の水は思った以上に冷たかった。一瞬躊躇するが、頭をブルブルと振る。

「もう耐《た》えられないんだもの。寒稽古《かんげいこ》よ！　サッと洗ってサッと出る！」

勢いよく飛び込む！　深さは腰の高さまでで流れは緩《ゆる》やかだった。しかし前世で学生だった時のプール開きの日の、入れたての水よりも冷たい。

歯をガチガチと鳴らしながら、リネン室から持ってきたタオルに石鹸をつけゴシゴシ体を洗う。頭にも直接石鹸を塗りつけ長い髪をわしゃわしゃ洗う。そして、勢いをつけてしゃがみ込み頭の先まで水に浸《つ》かってから、ダッシュで飛び出した。広げていたバスタオルに急いで包《くる》まる。

震《ふる》えながら体と髪を拭いていると、ガサリと音がした。慌てて藪《やぶ》に身を潜める。しばらくじっとして、音のしたほうを注目していると、ガサガサと草むらからトカゲが這い出てきた。

「はあ……」

肩の力が抜ける。クシュンとクシャミが出て、急いで服を着る。

「こんなところを見られたら、貴族生命が絶たれるわね」

いや、すでに絶たれていた。だからこそ、川で水浴びする羽目になっているのだ。

「さっぱりした……」

でも、理由なく憎《にく》しみのこもった視線を浴びせられるくらいならば、いっそ貴族でなどないほうがマシかもしれない。

この数日で、一人で買い物し、食堂に入れることがわかった。狩りで獲物を仕留め、捌いて肉屋に卸せることもわかった。川に飛び込んで水浴びできることもわかった。

今まで浸かっていた川の水を手ですくい、飲む。川の水も私は飲める。

前世の記憶が戻ったおかげで、貴族のプライドなど跡形《あとかた》もなく消えてしまった。昨日の決意どおり、一人で生きていけそうだ。ラックは不満げだったけれど。

フラフラと荷物を置いていた木の根元まで戻り、そっと寄りかかって座り、眼を閉じる。

「疲れたわ……」

ランス様はとても部下に慕われている。こんなに部下や、厨房以外の城の人間に嫌われている私を手元に置いておくかしら？

――いや、置くしかないのだ。ランス様は私の〈運〉に縋《すが》っているから。

「……お気の毒……ランス様」

せめて、目に触れないように過ごそうか。婚約者とはいえ実際こうして離れている時間が長いのだから、私は城下に部屋を借りて住んでも問題なさそうだ。必要な時だけ城に赴くことにして……。

「キアラリーの街にはアパートみたいなもの、あるかしら」

貴族の箱入りの、何もできない令嬢だけれど、あの冷たい屋敷にぽつんといるくらいならば、部屋にバストイレがなくとも、アパート住まいのほうがマシだ。

「保証人はロニー様が適任かな……」

前世のチハルは地味だったけれど、『良く』生きた。エメリーンも地味であっても『良く』生きたい。理不尽《りふじん》なことを我慢する必要はない。どうせ評判など地に落ちている。

「ランス様のお役には立ちたいけれど……」

ランス様とよく相談しなければ……不愉快《ふゆかい》にならない距離感を。

それに、いつかランス様が〈祝福〉から解き放たれた時、カリーノ伯爵令嬢をお迎えする段取りを事前に聞いておきたい。無様に慌てふためいて出ていきたくはない。

前世の記憶が戻った自分は、結構逞《たくま》しいと思っていた。前世ではもっと陰湿《いんしつ》なイジメにも耐えたこともある。

だが、風邪で体調がイマイチだからか、今は立ち向かう気持ちになれない。いくら記憶があろうが過去は過去であって、現世の私の神経は、貴族の甘っちょろい娘そのものの脆《ぜい》弱《じゃく》なものであるようだ。

我慢はできる。でも傷つかないわけじゃない。

「ラック?」

昨日からラックは姿を現してくれなくなった。寂しい。ラックという相棒がいるからこそ、この知らない土地でも生きていけると甘えていた部分も……ある。

それに昨夜は倒れるように寝てしまったから、ファルコが来たのかもわからない。手紙を出そうと思っていたのに。

ああ……こんなに心細いなんて、弱気になってる。ロニー様やタルサさんやニルスさんなど優しい人々もいるっていうのに、こんなんじゃダメだ。

これからどう対処していこう?

「でも結局は……ランス様さえ、幸せになってくれれば、私は……どうにでも……」

ツラツラととりとめのないことが頭に浮かんでは消えていく——。

気がつけば、日が西に傾《かたむ》いていた。ウトウトと寝てしまっていたようだ。昼には街に戻り食堂で昼食を取るつもりだったけれど、お腹もあまり空いていない。髪を結い帽子の中に元どおり入れ込んで、トボトボと家路につく。

午前中に収穫したあれこれを薬屋やブラウンズに持っていこうと思っていたのだが、足が重い。頭も重い。もう明日でいい。

隠し通路から部屋に戻ると、掃除の形跡《けいせき》もないのに唯一の私の荷物であるトランクの位置が変わっていた。胸騒《むなさわ》ぎを堪《こら》えて中を開けると、食料を入れた紙袋の封がズレている。全身に悪寒《おかん》が走り、弓やマジックバッグなどの荷物を何一つ下ろすことなく部屋を出た。

廊下では夕食時だったのか、おいしそうな匂《にお》いと賑やかな話し声が響いている。歯を食いしばってそれから意識を引きはがし、リネン室に飛び込む。木箱を引きずりドアを塞《ふさ》ぐ。

冷たい布団に潜り込むと、どうしようもなく涙が溢《あふ》れ、はらはらとシーツに落ちた。

「大丈夫よ、私はまだ大丈夫……大丈夫……」

ニルスさんたちに、夕食はいらないと言わなくては……と思ったのを最後に、私の意識は途絶《とだ》えた。

第五章　領主の帰還

深夜、松明《たいまつ》を持った先頭の馬を皮切りに続々と城塞《じょうさい》を抜《ぬ》け、俺たち討伐隊《とうばつ》は帰還《きかん》した。

俺とダグラス他数名はそのまま狭《せま》い坂道を駆《か》け上《あ》がり、真っすぐに城に戻《もど》る。

俺が城の門を抜けるなり馬を飛び下りて、マントを翻《ひるがえ》しながら大股《おおまた》で玄関《げんかん》に向かうと、ダグラスが慌《あわ》てた風に呼び止めた。

「待て待て待て待てぇ！　ランス急《いそ》ぐな！　エムちゃん絶対寝《ね》てる。おまえが早くエムちゃんに会いたくて討伐を終わらせたってのはわかってるけど、女の子は美容のために睡眠《すいみん》が不可欠だ」

「……そうなのか？　しかし、夕刻先触《さきぶ》れに出したファルコが手紙をつけたまま戻ってきた。昨夜だって……おかしい」

生真面目《きまじめ》なエムがファルコを無視するなど考えられない。

「単純に早寝《はやね》してて気づかなかったんじゃない？　それに俺たち、かなり臭《にお》う！　体を清めてから会ったほうがいい」

話しながらもせかせかと歩けば、玄関の扉《とびら》が開き、ロニーが出てきた。

「領主様、おかえりなさいませ。討伐のほうは？」

「無事終わった。子細は明日話す。とりあえず寝る」

「領主様はさー！　早くエムちゃんと会いたい一心で仕事を終わらせたわけだ。この自分の城を案内することも、可愛《かわい》い婚約者《こんやくしゃ》を見せびらかすこともできずに討伐だったたからな」

容赦《ようしゃ》なくからかってくるダグラスをギロリと睨《にら》んでみたものの、全く堪《こた》えていない様子だ。いや、四六時中一緒《いっしょ》だったこいつのことなど今はどうでもいい。それよりも、彼女の顔を見るのが最優先だ。風呂《ふろ》は挨拶《あいさつ》のあとでいい。

「……エメリーンは？」

「え？　さすがに部屋でお休みでは？」

ロニーの答えにホッとして階段を一段とばししながら駆け上がった。ようやくエムに会える。俺の手を額に当てて送り出してくれたエムに、無事な姿を見せなければ。後ろで二人がクスクスと笑っている声が聞こえたが知ったことか。

俺の部屋の証《あかし》であるこの城で一番大きな扉をバンと開け放ち、同時にエムは寝ているかもしれないと気づき、遅《おそ》まきながらそっと室内に入る。

しかし部屋は真っ暗で静まり返り、一日で無人だとわかった。

ふと、慎《つつ》ましいエムは隣室《りんしつ》を使用しているかもと思い移動したが、そこは俺の部屋以上に、人の入った形跡《けいせき》がなかった。

思わず舌打ちする。心身共に疲《つか》れていることもあって、焦燥《しょうそう》が容赦なく押し寄せる。

「エムはどこだ」

急ぎ一階に戻り絞《しぼ》り出《だ》すようにそう訊《き》くと、ロニーは瞠目《どうもく》し、ダグラスは顔を引きつらせた。

「す、すみません、どの部屋を使われているのか、聞いておりません」

何を言ってるんだ？　エムはやがて領主の俺の妻になる女。なぜ把握《はあく》していない？

「……探せ」

「ですがランス様、エメリーン様がお休みになっている部屋を我々が開けるのは……」

ぐだぐだ言うロニーに怒《いか》りが爆発《ばくはつ》する寸前で、ダグラスが間に入った。

「おいランス、おまえそのイライラを抑《おさ》えろ！　エムちゃんが怯《おび》えるぞ！　ロニー、俺たちは疲れて気が立っている。わかるだろ？　早くなんとかしろ！」

「いいから探せと言っている。どんなに夜遅《よるおそ》くとも、起こされないほうがエムは怒《おこ》る。俺たちはもう家族同然なんだ」

エムだけは、俺を心配し、心から帰還を願ってくれているはずなのだ。

俺は再び二階に駆け上がった。片《かた》っ端《ぱし》から扉を開ける。下の二人もようやく動き、一階の客間を見て回り出した。

結果、ありえないことにどの部屋も冷たく、ベッドには寝具《しんぐ》はなく埃《ほこり》がかぶり、人のいた気配はなかった。無事討伐を終え、高揚《こうよう》していた気分など消え去った。声も出ない。

「ロニー、どういうことだ」

俺の代わりに問うダグラスにロニーは答えられない。

「そんな……一体どこに……」

もう一度、唯一《ゆいいつ》まともな状態の俺の部屋に戻り、手がかりを求めてクローゼットをバンと開け放つ。しかし何も生活感のあるもの……エムのものは出てこない。女とはドレスや化粧品《けしょうひん》など荷物が多いものではないのか？

「ランス！　ソファーの後ろにエムちゃんのトランクがある！」

そうだ、エムはこの小さなトランク一つで俺の胸に飛び込んできてくれたのだ。トランクがあるということは、俺に嫌気《いやけ》がさしてエム自らここを出ていったわけではない。

トランクを持ち上げ、少しの罪悪感を感じつつ左右に開く。中には旅の間に見たことのある、シンプルなベージュのドレスとこげ茶のドレス。そして、庶民《しょみん》の使う茶器が一組と、糊付《のりづ》けのしてある紙袋《かみぶくろ》にはあまりうまくない携行《けいこう》食とお茶の葉と……キャンディー。

「何、どうかしたのですか？」

騒《さわ》ぎを聞きつけて、討伐から一緒に戻ったワイアットもやってきた。ダグラスがエメリーンがいない、気配もないことを伝えると眉《まゆ》を顰《ひそ》めた。

「最後にいつ会ったんです？」

当たり前の質問をロニーにする。

「今朝、詰所《つめしょ》で。毎朝挨拶に来てくださるのだ。そして自分にできることはないかと聞かれて、ないと答えると……ああ、街の地理を早く覚えたいから城下に行くとおっしゃって」

「それっきり？　同じ建物にいて、朝会っただけなのか？」

「私は詰所でいくらでも仕事があった！　一日中あそこに篭《こも》りっきりだ。エメリーン様のことは初日にクレアに世話するように頼《たの》んだ。女同士のほうがいいだろうと。メイド長と家令にも頼んだ！」

仲間の会話を呆然《ぼうぜん》としながら聞く。なぜだ、なぜエムは消えた？

「ランス様、ちょっと洗面台をお借りします」

ワイアットが気づかわしげに俺に聞く。おそらく馬の世話を済ませてきたのだろうと思い、小さく頷《うなず》くと、部屋の隅《すみ》のそれらしきドアに向かった。

「……下で……誘拐《ゆうかい》……されたのだろうか」

ロニーが真っ青になって呟《つぶや》くと、ダグラスが声を荒《あら》らげた。

「昼間に誘拐されて、今まで気づかない？　どれだけこの城は間抜《まぬ》けなんだ？　領主の未来の奥方《おくがた》の寝る支度《したく》も、日常の挨拶もしてないってことだろ？」

「ラ、ランス様！」

洗面台からワイアットが、慌てて上ずった声で俺を呼んだ。

「いたか！」

「いえ……」

皆《みな》でワイアットの立つ扉の向こうを覗《のぞ》き込む。

そこは思ったとおりバスルームで、旅の間見慣れたエムの子ども服が干してあった。不器用に、見るからに自己流で。

「ご自分で、洗濯《せんたく》されたのでしょうね。エメリーン様は我慢《がまんづよ》強く……規格外ですから」

ワイアットが悲しげに、ボソリと言う。

「領主の……『戦鬼《せんき》』ランスの婚約者に、自ら洗濯させたのか？　旅先でもなく、一番快適なはずの自分の屋敷《やしき》で？　アウトだろ……」

ダグラスの言葉を聞くまでもなく、真実を悟《さと》った。エムは――俺の救い主であるエムは、よりによって俺の屋敷で虐待《ぎゃくたい》されて、消えたのだ。

「兵士、使用人、全員、叩《たた》き起《お》こせ」

思いのほか冷静な声が出た。人間、怒りが度を超《こ》すと、かえって落ち着くということを知った。

母屋《おもや》、そして使用人と兵士用の離《はな》れで寝起きする全ての人間を叩き起こし、玄関ホールに集めた。話をすり合わせられないように、一人ずつ距離《きょり》を置き見張りつきで。

見張りは今回の件と無関係な討伐帰りの兵士たちで、一見してピリピリしている。それはそうだろう。疲労《ひろう》が限界まで達しているのにこんなことに担《かつ》ぎ出されたのだ。

それよりも激怒《げきど》しているのが、留守を預かっていたロニーだが、この場は俺の副官で比《ひ》較《かく》的に冷静なダグラスが取りしきる。俺が一歩引いたところで成り行きを見つめているのは、ともすれば怒りで魔力《まりょく》が暴発しそうだからだ。

ダグラスが「副官の仕事だ。ランスはしばらく待機」と、俺の代わりに尋問《じんもん》を始める。

「メラニーメイド長。エメリーン様がこの数日どうお過ごしだったか教えてくれ」

「お静かに、お部屋でお過ごしだったのでは？」

「どの部屋で？」

「……あつかましくも領主様のお部屋で。まだ婚約者の分際のくせに」

俺が使用を許可しているのに、こいつは一体何様のつもりだ？　それに婚約者という体《てい》裁《さい》を重んじたというのなら、なぜ完璧《かんぺき》な客室を準備していない？

「おかしいね、あそこでは誰《だれ》も寛《くつろ》いだ形跡がないよ？　どういうこと？」

「さあ、あのお方のお考えなどわかりません」

「ねえ、朝はちゃんと起こしに行ってたんだよね。紅茶を持って。そして食事はきちんとダイニングに準備してたんだよね？　エメリーン様は、何がお好きだったのか教えてよ？」

「あの方は、私どもに何一つお願いされませんでしたので、わかりかねますわ」

随分《ずいぶん》と前の領主はこのメイド長を甘やかしていたようだ。将軍だったとはいえしょせん
まだ若造、口先だけで手玉に取れるとでも思ったか？

　大して考えず、そのまま前からいた人間を雇《やと》い入《い》れたが……大失敗だった。

　ロニーがたまらず声を荒らげる。

「エメリーン様は未来のキアラリー辺境伯夫人《へんきょうはくふじん》だ。女主人にいちいち命令されないと動けないのか？　一流であれば命令される前に、察して動くもんだろう？　なんなんだおまえは！　クレア！」

「は、はい」

　クレアが弾《はじ》かれたように気をつけをした。

「私はおまえを見込んで我々の敬愛するエメリーン様のお世話を頼んだ。おまえはエメリーン様に何をして差し上げた？」

「…………」

「何も……して差し上げて、ないんだな」

「だって、あんな女、私たちの英雄《えいゆう》に相応《ふさわ》しくないもの！　なんで閣下があんなみすぼら

しい王家のお下がりと結婚《けっこん》しないといけないのですか？　どんな権力を使ったのか知らないけれど図々《ずうずう》しい。とっとと尻尾《しっぽ》巻いて王都に戻ればいいのよ！　そうすれば閣下に平和が戻る」

あまりに歯に衣着《きぬ》せぬ言いようだ。さらに驚《おどろ》いたことに、クレアは悪びれもせず、自信に満ちた様子で俺を見て言ってのけたのだ。

「閣下、まだ結婚してないんだから間に合います。あの人は婚約破棄《はき》には慣れてるんだから問題ありません！」

これが……大きい小さいはあれど、俺の兵たちの思いということか？　前領主の使用人だけでなく、身内の兵まで恐《おそ》ろしい偏見《へんけん》でエムを……。

「なんてことだ……エメリーン様が素晴《すば》らしい人物で、私が全幅《ぜんぷく》の信頼《しんらい》を寄せていることを示さなかったばかりに、エメリーン様はぞんざいな扱《あつか》いを受けたのか。そしておまえたちは足蹴《あしげ》にしても罰《ばっ》せられないとタカをくくり、追い出しにかかったのだな」

ロニーが絶句し、頭を抱《かか》えた。

いや……俺のミスだ。エムは領主たる俺の婚約者だ。当然皆丁重《みなていちょう》に扱ってくれるだろうと思い込んでしまった俺が甘かったのだ。人の悪意には散々晒《さら》されてきたというのに。

いや、だとしても、寄ってたかって外から一人でやってきた人間をいじめるなど、人としてありえない。それに加え、主《あるじ》を定めた人間が主の婚約者に歯向かうなど正気を疑う。

ダグラスも深くため息をついた。

「おまえらは大いに誤解しているようだから、言っておく。エメリーン様はこの屋敷の女主人に決定している伯爵令嬢《はくしゃくれいじょう》だ。身分差もさることながらその実質女主人に対する態度はなんなんだ。自分の立場をなんだと思っている？　エメリーン様は雇い主、おまえらは使用人。何を勘違《かんちが》いしている？　命令が聞けないならば、なぜとっとと辞《や》めない？　我々は軍ではない。別に気に入らないのにここにいてもらう必要などないんだが？」

「あんな女をダグラス様は女主人と認められているのですか！」

クレアが信じられない、という風に声をあげた。

「もちろん。エメリーン様のためなら命をかけるが？」

「ダグラス様までたぶらかしたの⁉」

「クレアッ！」

話が通じないばかりかバカにされたダグラスは、理性的で丁寧《ていねい》な尋問を、とうとう放棄《ほうき》した。

「そーか。んじゃ俺たちのいない間、俺の敬愛する……可愛い可愛い妹と思っているエムちゃんがどう過ごしていたのか、おまえらがどんな態度を取っていたのか、一人一人教えてもらおうか？　自分の身が可愛ければ嘘《うそ》はつくなよ。そんなもんすぐバレるからね」

ダグラスの言葉を受け、俺も無言で威圧《いあつ》すると、兵士たちから初日に、食堂に来たエメリーンを追《お》い払《はら》ったと申告《しんこく》があった。

そして、城の門番の兵士は、

「まさか……あれはご令嬢だったのでしょうか？　毎日ロニー様の通行証を見せて、小さな紫《むらさき》の瞳《ひとみ》の少年が街に下りていきました。お使いかい？　と聞くとニコニコ笑って……」

エムはいつもの少年の格好をして、外出していたのか。

「今日は戻ったのか？」

「はい、日が暮れる直前に帰ってきました。あまり元気がなくて、足取りもおぼつかず顔色も悪い気がしました。でも、もう暗かったので見間違《みまちが》いかもしれません」

「城に帰ってはいるのか……」

ダグラスがメイドたちに、エメリーンに一度でも食事の配膳《はいぜん》をしたのか？　洗濯はしたのか？　朝のお茶と寝る前の酒を持っていったのかとさらに聞く。するとメイド長に、エメリーンに構ってはならないと命令されたと皆泣きじゃくる。

「おまえらの雇用《こよう》主は誰だよ……」

ダグラスの呟きに、眉間《みけん》を揉《も》む。次々と明るみに出る事実に怒りが渦巻《うずま》くと同時に、誰からも受け入れられず途方《とほう》に暮れているエムを想像し、身を切られる思いだ。

「婚約者様、裏手の洗濯場でご自分で洗濯されて、でも私、怒られるのが怖《こわ》くて、見て見ぬふりをして……ううう」

「厨房《ちゅうぼう》で泣きながら料理されていて、それを見て、メイド長がイヤミを言って……私、どうしていいか……」

エム……世界で一番大事にすると固く誓《ちか》って、この地に来てもらったのに。

「次、厨房担当！」

「あ、あの、エメリーン様とは、ひょっとして黒髪《くろかみ》に紫の瞳の、ちっこい……じゃない！　可愛い女の子、でしょうか？」

太めの中年の女がオロオロと問いかける。

「間違いない」

ダグラスの言葉に女がぶっ倒《たお》れた。それを隣《となり》にいた同じ年頃《としごろ》の痩《や》せた男が抱《だ》きとめた。

「私は厨房担当のニルスです。三日前、厨房に可愛らしい少女がやってきて、自分のことを今日ここに来たエムだと自己紹介《しょうかい》し、何か食べ物を分けてくれと。私も……こいつは妻なんですが、妻も新しい使用人が夕食を食いっぱぐれたのだと思い、まかないを用意してやって。で、話の流れで朝食も準備してやりました。エム……様は昨日はお礼だと、俺たちにとても斬新《ざんしん》でおいしいシチューを作ってくれて……」

「エムの手料理……」

俺はつい顔を上げ、ニルスを見つめた。

「彼女の優《やさ》しい人柄《ひとがら》そのものの味でした。そのちっちゃなエム様が、今夜は現れなかったので、私たちはどうにも嫌《いや》な予感がして心配で……昨日、目に力がなく疲れて見えました し……仕事がきついのかなって……」

エム、食事まで自分で調達していたのか……俺はなんという苦労をさせているんだ。

「メラニーっていったか？　おまえ、なんの権限があってうちの大事な大事なお姫《ひめ》様をいじめちゃってるわけ？　エムちゃんがおまえに何かした？　してねえよな。来たばっかだもん」

「エメリーン様が自立心旺盛《おうせい》だっただけでございましょう？　初めて会ったばかりですもの。あの方のお気持ち全て先回りして動くことなどできませんわ」

「食事の用意をするくらい、最低限だろうが？」

「言ってくだされればもちろんしましたとも」

ダグラスが追及しているうちに自分の非を認めればいいものを。もはや温情をかける価値はない。生易しい尋問は終了《しゅうりょう》だ。

「……で、俺のエムはどこにいる？」

今まで黙《だま》って聞いていた俺が、戦場に出る時の顔をして、直接メラニーに問いただす。女主人の安眠《あんみん》と健康の保全は間違いなくメイド長の管轄《かんかつ》だと思い出させてやる。それを知らないのは職務の放棄で、重罪だ。

「俺のエメリーンはどこだと聞いているんだ!!」

「ひっ！」

メラニーは尻餅《しりもち》をつき……目を見開いて震《ふる》え出した。今更《いまさら》怯える？　クソが。

「厨房が好きだったのか？　では厨房にいるのか？」

俺はメラニーを見限りニルスに視線を移した。ニルスは俺に臆《おく》することなく返答した。

「いえ、おりません。厨房には隠《かく》れるところなどありません」

「ならば屋敷中を探せ！　見つからなければ街に下りろ！　全員だ。見つかるまで許さん！」

「ランスロット様、その前に一つ、お聞きしたいことが」

唐突《とうとつ》に物腰《ものごし》の柔《やわ》らかな、しかし人に否と言わせない声がした。その声の主が前に現れると、俺と同じく驚愕《きょうがく》したダグラスが喘《あえ》ぐように問うた。

「パウエル爺《じい》……あんたどうしてここに……」

「旦那《だんな》様の命令で、皆様《みなさま》よりも一足お先に家令として送り込まれました。今回の婚約、旦那様も思うところがおありのようで。ああ、前任者はカリーノ伯《はく》の統治時代のちょっと後ろ暗いところ……どうやら中央と繋《つな》がっていたようでしてね……そこを突《つ》けば円満に退いてくださいましたので、ご心配なく」

この男はアラバスター公爵家《こうしゃくけ》の家令パウエル。父の戦場での盾《たて》。子どもの俺とダグラスを容赦なく厳しく躾《しつ》けた武《ぶ》の男。

「か、家令？　あなた、無能でお飾《かざ》りの家令ではなかったの？」

メラニーが喚《わめ》く。

「無能で害がないと思わせているほうが、皆口が軽くなりますのでな。えっとなんでしたかな？　あなたは『この家の女主人はエレーナお嬢様が継《つ》ぐはずだったのに！　閣下が婿《むこ》に入って。それをあなたのようなずるい人が無理やり横から！』とも、『貧乏《びんぼう》貴族のおまえにはカリーノ領の夫人は務まらない』ともおっしゃってましたねえ」

「まさか……」

直接エムに、そんな暴言を浴びせたのか？　……許せない。

「ああ、エメリーン様が言いたいことも我慢して、『この家のルールを教えてください』と頭を下げたのに、あなたもクレア嬢も事もあろうにエメリーン様を睨みつけ、『勝手にしろ』と言い、出ていった」

「ま、間違ったことは言ってないでしょう！　私は知っていますのよ。私のエレーナお嬢様と閣下が恋文《こいぶみ》をやりとりしているのを！」

パウエルとメラニーのやりとりを聞き、とうとう我慢の限界を超えた。殺気が抑えられない。あちこちであがる悲鳴を無視して、パウエルを睨みつけた。

「……パウエル、それを聞いておいてなぜ放置した」

「ですから、まだお聞きしておりませんでしたので」

しかし、パウエルは飄々《ひょうひょう》としたものだった。

「……何を？」

「ランスロット様は真実、この婚姻《こんいん》を望んでいらっしゃるのか？　それ次第《しだい》で私の対処も違《ちが》いますので」

なぜどいつもこいつもわからないのだ？　俺はパウエルの目の前まで歩き、上から見下ろし威圧する。

「……俺がエメリーンを望み、王に英雄としての褒賞《ほうしょう》はエメリーン以外いらないと言い張り、渋《しぶ》る王家から強引《ごういん》に奪《うば》い取《と》った。エメリーンは……俺が生涯《しょうがい》で唯一手を伸《の》ばしたもの、俺の命だ」

俺の言葉に周囲が一斉《いっせい》に息を呑《の》む。

「カリーノ伯爵から婿に入れと言われたことなど一度もない。この厳しい土地からようやく卒業できると晴れ晴れとされていた。娘《むすめ》は憧《あこが》れの王都の子爵家《ししゃくけ》に嫁《とつ》ぐと聞いた。正直顔も覚えていない」

そこにロニーが忌々《いまいま》しげに口を挟《はさ》んだ。

「さっき言っていたエレーナ嬢の手紙の件、あれは自分の部屋に宝石を忘れたから送ってくれ、もしなければそちらの過失だから弁償《べんしょう》しろっていう詐欺《さぎ》まがいの手紙だよ。バカらしくて放置していたら何度も送ってくるから、ランス様から許可が下り次第、カリーノ伯に抗議《こうぎ》するところだ」

引《ひ》っ越《こ》しのどさくさで金を引き出せると思ったのか？　下品すぎる。もし令嬢の発言が真実だったとしても、引き継ぎには不正がないように国の役人が立ち会っている。つまり泥棒《どろぼう》は引っ越し前のカリーノ伯の使用人の可能性が濃厚《のうこう》……案外このメラニーじゃないのか？　そもそもその下品な計画もメラニーの発案では？

「う、嘘よ！」

「……おい、誰に口をきいている？」

ロニーが顎《あご》を上げ、凄《すご》んだ。皆ロニーの若さを侮《あなど》りすぎだ。ロニーは戦場で時に前線に立ち、さらに侯爵《こうしゃく》家《け》出身ゆえ幼い頃《ころ》から有象無象《うぞうむぞう》の悪辣《あくらつ》な貴族と対峙《たいじ》してきた、俺たちで一番弱点のない男だ。

「ふむ、結局メイド長にとっては、仲良しのカリーノ伯爵令嬢が女主人になったほうがうまい汁《しる》が吸い続けられて都合がよく、画策したということですかな。エメリーン様を追い出して、自分が天下の今の生活を維持《いじ》したかったと。わかりやすい動機でしたね」

パウエルがまとめ、意見は出《で》尽《つ》くした。ダグラスが場を締《し》める。

「うん、これだけの証言があれば、裁くのに十分だな。皆、続きは明日だ。一旦《いったん》部屋に戻れ。舐《な》めたマネしてくれた女には見張りをつけろ。勝手なことができんように。討伐組は悪いが引き続きエメリーン様の捜索《そうさく》だ」

するとと、去り際にクレアが往生際《おうじょうぎわ》悪く喚いた。

「お待ちください！　私は、私は閣下を思って！　みんなが言えないでウジウジしてるから代弁しただけ。それに私がその人に構わなくても、誰かが世話をするって……」

「黙れ！　消えろ！」

ロニーがとうとう呻《うめ》いた。

「神殿《しんでん》で婚約式もしていない、神に誓ってもいない女を、大事にしてるわけないじゃないですか――！」

そう言い放ったクレアは拘束《こうそく》され連れ出されたが、彼女の言葉は俺の胸を深くえぐった。

人が減り、ピリピリとした空気だけが残った。

「ランスロット様、ご婚約おめでとうございます」

「パウエル……殺すぞ？」

俺が憎々《にくにく》しげにそう告げても、パウエルは全く動じず、あまつさえ微笑《ほほえ》んだ。

「エメリーン様、私は大好きです。誰に対しても穏《おだ》やかに丁寧に接し、年寄りにきちんと挨拶できる、芯《しん》の通った愛らしい女性ですな。ランスロット様に見る目があるとわかって爺は安心しました。さあ、私にエメリーン様の居場所のアテがございます。参りましょう」

パウエルのあとをついていくと、見覚えのある小さな物置のような扉に辿《たど》り着《つ》いた。

「ここは確かリネン室だろう？　こんなところにエムが？」

早速《さっそく》ドアノブを摑《つか》み回すが、なぜかドアは動かない。

「どうやら扉の向こうに何か重しを置いているようですね」

パウエルが予想外だとばかり顔をしかめる。身を守るためにドアを封《ふう》じたのか？

「どれだけの信用を私たちは失ったんだ……守るべき、人なのに……」

ワイアットの呟きがまた、俺の胸を締めつけたが、感傷に浸《ひた》る暇《ひま》はない。

俺は弾《はず》みをつけ、バンッと肩《かた》でドアにぶつかった。ズズッと音がして隙間《すきま》ができる。そこに手を差し入れ、強引に押し開いた。

真っ暗な闇《やみ》の中、窓から射《さ》し込む月明かりでリネンが青白く光る、少し非日常的な空間で、奥のほうから何かくぐもった音がしている。

「エム？」

小さなエムを驚かさないように静かに中に進む。一番奥の布団《ふとん》の間から黒い頭が見えた。ようやく……俺は胸を撫《な》で下《お》ろし、そっと顔にかかっている重たい布団をどけた。

そこには弓を抱きしめナイフを握《にぎ》り込み、荒い息を吐《は》くエメリーンが……見るからに様子がおかしい！

「エム⁉」

「いけない！　まさか！」

パウエルが慌てて飛び込んできた。額に手を当てる。

「ランスロット様、大至急お部屋にお運びください！　かなりの高熱です。ああ、私としたことが、読み間違えてしまった！」

急いで布団を剝《は》ぐとエメリーンがブルブルと震え、ゴホゴホと咳《せ》き込む。弓を引っ張ると力なく手を離し、ナイフがカシャンと床《ゆか》に落ちる。もう一度布団でグルグル巻きにして、抱き上げ、冷えた部屋から飛び出した。

明かりのある場所に出ると、エムの顔は真っ赤で息は荒かった。その姿に衝撃《しょうげき》を受けながらエムを抱きしめ、階段を駆け上がる。最悪を考えて、心臓が凍《こお》りつく。

ようやく、心を捧《ささ》げられる人を見つけたのに……。

俺、ダグラスがランスに続いて入った領主の部屋も、当然冷え切っていた。ロニーが壁《かべ》の暖炉《だんろ》に駆け寄り、火をつけようとすると、パウエルが止めた。

「その暖炉は飾りです！　ストーブを急いで運んでください。食堂のものを！」

ロニーとワイアットが走って出ていった。

「私は薬を作ってまいります」

ベッドカバーを剥ぐとパウエルも走り去る。

ベッドに触《ふ》れると冷たかったのか、ランスはエメリーンを抱きしめたまま、ソファーに座り、婚約者の体を必死にさする。

すでに旅で見慣れている、ランスが小さなエムちゃんを抱く光景だ。

「エム、エメリーン……エム……」

ランスが悲痛な声で囁《ささや》きながら彼女を揺《ゆ》さぶると、なんと、うっすらと目を開けた。

「らんす……さま？」

「エム！」

「おかえり……なさいませ」

エメリーンは、熱に浮《う》かされたトロンとした瞳をして微笑み、おぼつかない様子でポケットからキャンディーを取り出し、ランスの口に差し出した。

「おつかれ……でしょう？」

そっと口を開け、甘いキャンディーを受け入れたランスの目が……潤《うる》む。

「糖分……とらなきゃ」

彼女は自分がどれだけランスに影響《えいきょう》を与《あた》えているか、わかってないだろう。強いのだから働いて当然とみなされ、自らもそれを受け入れ諦《あきら》めてきたランスを、自分の苦境を後回しにして労《いたわ》った女など、一人もいなかった。

「エム、なぜ、リネン室にいた？」

「あそこしか……おふとんなかった……から……」

朦朧《もうろう》としたエメリーンに、ランスが静かに尋問する。今のエメリーンに嘘はつけない。この隙《すき》を一国の将軍であったランスが逃《のが》すはずがない。知りたいことを続けざまに聞く。

「どうして、扉を塞《ふさ》いだ？」

「だって……怖かった……剝《む》き出しの敵意で……でもどうすることもできない……ぜんぶほんとだもの……王子にすてられたことも……わたしが……うつくしくないことも……」

ランスが目を閉じ、天井《てんじょう》を見上げる。再び顔を戻し、エメリーンの黒髪を梳《す》く。

「なぜ、ここのベッドで……寝なかった？」

「ここ？　ああ……だって……ほんとのおくさま……エレーナさまを……むかえたとき……こまるでしょ……」

ランスの顔がこわばる。あのクソメイド長の言葉を、真に受けたのだろうか？

「違う。俺のベッドで眠《ねむ》る女は、死が訪《おとず》れるまで、エメリーンだけだ。わかったか？」

エメリーンはランスの胸のいつもの場所に収まって、紫の瞳を閉じていた。彼女の耳にランスの言葉は届いただろうか？　コンコンッと、咳《せき》の音だけが室内に響《ひび》く。

「エム……本当にすまない……俺が……すまないエム……」

ランスが苦しそうに顔を歪《ゆが》め、そっと、エメリーンの額にキスをした。

やがてロニーたちが重そうなストーブを下から抱えて戻り、点火する。パウエルも何やら不味《まず》そうな緑の薬をコップに入れて戻ってきた。

「エム、エム！」

だるそうに再び瞳を開けた彼女の口にランスがコップを押し当てる。彼女は逆らわずそっと口を開け、流し込まれるとゴクッと飲み、ゴホゴホと咽《む》せた。ランスが抱きしめて背中を叩くと、そのまままたランスの胸に沈《しず》み込んだ。

そんな彼女にパウエルが深刻な顔つきで近づき、額に触れ脈を測り、瞳や喉《のど》をチェックする。

「ランスロット様、エメリーン様は命に関わる症状《しょうじょう》ではありませんが、初期の肺炎《はいえん》を起こしています。絶対安静です。そろそろベッドで休ませましょう」

「……部屋が暖まったらそうする」

ひとまずエムちゃんにしてやれることは終わった。必要なのは心休まる安全な環境《かんきょう》でのひたすらの休養だ。そして俺がすべきはエムちゃんのケアをする、ランスのサポートだ。

「ランス、今夜エムちゃんは高熱で震えるだろう。抱いて寝るといい」

ランスが俺に顔を向け、迷惑《めいわく》そうに左眉を上げた。

「だから、今すぐ風呂に入ってこい。その埃だらけの体で一緒にベッドに入ったら、エムちゃんが別の病気になる」

「……しかしまだ」

「しかしじゃない。俺たちがついてる。不安なら急げ！」

ランスは渋々《しぶしぶ》、エメリーンをベッドに寝かせ、彼女の顔をそっと撫でて大股でバスルームに行った。

「なんとまあ……本物のようですね」

パウエルがバスルームの扉を見つめて呟いた。

「ああ、ランスはエムちゃんに惚《ほ》れ込んでる。ランスの想《おも》いも本物だし、エムちゃんの善良さも本物だ」

パウエルが目を細め、微笑んだ。それすら俺には怖《こわ》い。

「ダグラスがそう言うならば……安心したわい」

「パウエル爺、このままここで働くのか？　すぐに公爵閣下のもとに戻るのか？」

「この城を正常にするまで、私がきっちり見届けよう。もちろん領主様もおまえも再教育じゃ。懐《なつ》かしいな！　はっは！」

恐怖《きょうふ》しかない。

「あの家令は一体……」

パウエルとこれまで面識のなかったロニーとワイアットにパウエルの出自の説明をする

と、ロニーは苦い顔をした。それはそうだ。パウエルはメイド長やその他の者の態度を知りながら、自分に教えなかったのだ。腹が立って仕方ないだろう。

「ロニー様、誠《まこと》に申し訳ありませんでした。エメリーン様を追い詰《つ》め、病に至らせたこと、全て家令である私の責任です」

パウエルが直角に頭を下げる。そうされるとロニーもそれ以上何も言えない。

ランスがバスルームから出てきた。その手首には石鹸《せっけん》の匂《にお》いをさせ清潔なシャツに着替《きが》えて、濡《ぬ》れた紅《あか》い髪《かみ》を後ろにかき上げる。その手首には何か見慣れない赤いものが巻かれていた。

なんだあれは……ああ！　エムちゃんが毎日身につけていたリボンだ。ランスの色の。お守りのように肌《はだ》につけているランスの心情を思うと、俺まで胸が苦しくなる。

「ここは俺だけでいい。もう下がれ」

「明朝八時、薬を持ってまいります。何かありましたらいつでもお呼びください」

俺たちは全員、ランスに頭を下げて部屋を出た。扉が閉まる瞬間《しゅんかん》見たランスは、ベッドに入り、エメリーンをしっかりと抱き寄せていた。泣きそうな顔をして。

「ロニー、覚悟《かくご》はいいか？」

エントランスに下り、黙って歯を食いしばったロニーを、俺は力いっぱいぶん殴《なぐ》った。

ランスの名代で。ランスの頭は今、病気の最愛の女でいっぱいだ。

決してロニー一人のせいではない。しかし留守をランスに託《たく》された以上、責任者はロニー。けじめがなければ、ロニーが前に進めない。

ロニーはよろけたものの、踏《ふ》みとどまった。端正《たんせい》な顔がみるみる赤く腫《は》れ、口の端《はし》から少量の血が流れる。

「二度とこんな間違いは起こすな」

「はい。申し訳ありませんでした」

偉《えら》そうなことを言う自分を心の内で笑う。エムちゃん……早く良くなって……旅で見せたふんわりした笑顔《えがお》を見せて……。

俺の〈祝福〉は〈義〉。これからはランスとセットで可愛いエムちゃんも全力で支えよう。苦労の多かった二人が、少しでも幸せになるように。

俺たちの、戦後のランスの凱旋《がいせん》に始まった、怒涛《どとう》の日々がようやく終わった。

第六章　キアラリーの春

　寒くて寒くてたまらなかった。でも、気がつくと、いつかのたき火を前にしたような、とても暖かいものに全身が覆《おお》われていて……寝《ね》る前に電気毛布を強にしてたかしら？　硬《かた》いけど柔《やわ》らかくて、ブルリと震《ふる》えるとたちどころに緩《ゆる》みなく覆われて……圧迫《あっぱく》感でなぜか安心して……再び意識の底に沈《しず》む。

　ふわふわふわとそれを繰《く》り返《かえ》していると、頭がスッキリしてきてようやく覚醒《かくせい》した。重いまぶたを上げると真っ白な何かが目に入る。これはシャツ？　石鹸《せっけん》の香りが鼻先をくすぐる。

「エム？」

　頭上で低い囁《ささや》き声《ごえ》がした。見上げようとすると、グアンと頭に響《ひび》くような痛みが走る。

「うっ……」

「どうした？　どこが痛い？」

　ああ、そうだ。この声、この腕《うで》の中は……ゆっくり用心しながら頭を上げて、仰《あお》ぎ見《み》る。

　戻《もど》られたのだ。

「ランス様……」

あれ？　思っていた声が出ない。ランス様が私のために耳を寄せる。私はとりあえず、すぐそばの耳に向かって、ランス様に負けないくらい掠《かす》れた声で囁く。

「おかえりなさいませ……よかった……どこもお怪我《けが》、ないみたい……」

私の声を聞き取ると、ランス様は祈《いの》るように目をぎゅっと閉じた。そして肘《ひじ》をベッドにつき、覆い被《かぶ》さるようにして、私の額にキスをした。

「ただいま」

……キスされた？　手《て》の甲《こう》へはこれまでもあるけれど、額にキス……子ども扱《あつか》いってことでいいの？　家族以外とのキスなんて初めてでソワソワする。あ、家族認定《にんてい》してもらえてるってことかも。だとしても、エレーナ様は嫌《いや》がるのでは……。

「エム、急に顔が赤くなったぞ、大丈夫《だいじょうぶ》か？」

ランス様の精悍《せいかん》な顔に覗《のぞ》き込まれる。これまで見たことのない無精《ぶしょう》ヒゲが生えていてワイルドだ。とはいえ少し頰《ほお》がこけて、目の下にクマができている。

「わ、私なんかよりもランス様のほうがお疲《つか》れに見えます。ゴホッ。討伐《とうばつ》中……ろくに食事がとれなかったのですか？」

思わずそっとやつれた頰に手を伸《の》ばし、ランス様に触《ふ》れる。親指でクマをなぞる。

「でも、ご無事で戻られてよかった……嬉《うれ》しい……他の皆様《みなさま》もご無事ですか？」

ランス様が私の手の上に自分の手を乗せた。大きい。ひんやりして気持ちいい。

「ああ。思った以上に狼《おおかみ》どもは数も多く凶暴《きょうぼう》でヒヤッとする場面もあったが、全員無事だ。エムの〈祝福〉が守ってくれたのかもな」

「ふふふ……ゴホッゴホ。まさか。全部ランス様の日ごろの鍛錬《たんれん》の成果です。平凡《へいぼん》な領主のおつとめ、ありがとうございました。平凡な婚約者《こんやくしゃ》がしっかり労《ねぎら》わせてもらいます」

「討伐して当然、とせず、笑顔《えがお》で労《いたわ》ってくれるか……たった今、報《むく》われた。……エム、目が覚めたのなら、薬を飲もう」

薬？　……ようやく現状を理解した。私はきっと……あのまま風邪《かぜ》で倒《たお》れ、その間に皆様が戻ったということだ。

ランス様がベッドを下りて、テーブルからコップを持ってきた。ベッドに腰《こし》かけ、片方の手を私の背中に回し、抱《だ》き上《あ》げ引き寄せる。体を起こした途端《とたん》、ますます咳《せき》が飛び出して、たまらずランス様のシャツを握《にぎ》りしめてやり過ごした。

するとランス様が回した手で背中をさすってくれ、呼吸が落ち着くとコップを口元に運んでくれた。

私は大人しく両手でそれを受け取りゴクリと飲む。相変わらず渋《しぶ》くて苦い。相変わらず？　そうか、意識のないうちに何度も飲ませてもらっていたのだろう。

ふと気配を感じて視線を上げると、ラックとレッドが固唾《かたず》を呑《の》んで私を見守っていた。

ああ……ラックはまだそばにいてくれた。私は見捨てられていなかった。頑張《がんば》って笑ってみせると、二人は泣きそうな顔をしてコクリと頷《うなず》いた。

全て飲みほすと、再び寝かされそうになったので、身じろぎして意思を見せた。

「ランス様、あの、お手洗いに……こほこほっ」

私がベッドからもぞもぞと足を下ろそうとすると、頷いたランス様にすっと抱き上げられた。旅をしていた時のようにランス様の首に腕を回すと、私は見慣れない白いナイトドレスを着ていることに気がつき、あれ？ と驚《おどろ》いた。

「あの、ランス様、歩けます」

「だめだ。丸二日も寝込んでいたんだぞ」

ギロリと睨《にら》まれた。将軍の圧に、一瞬《いっしゅん》で歯向かう気持ちはくじけた。

トイレを済ませ、冷たい水で顔を洗いうがいをすると、喉《のど》がスッキリした。鏡で見た自分の顔色は確かにひどいものだった。

扉《とびら》を開けるとランス様が腕を組み仁王立《におうだ》ちしており、再び私を抱き上げる。そのままベッドに連れていかれそうになり、またしても彼の服を引っ張って止めた。

「あ、あの、ランス様、久しぶりですもの、できればお話ししたいです」

少しマシな声が出るようになって、ちょっと安心する。

ランス様はベッドからうずたかく積まれている布団《ふとん》を一枚剝《は》ぎ、私を脚《あし》の間に入れてソファーに座ると、その布団で二人まるごと覆った。

私は時おり咳に邪魔《じゃま》されながら後ろに向かって話しかける。

「いつ戻られたのですか？」

「三日前の深夜」

「ということは随分《ずいぶん》と行程を短縮されたのですね。お疲れは取れましたか？」

「……取れるわけないだろう。戻ってきてみればエムが病気では……」

背中からランス様の声が響く。回された腕がぎゅっと締《し》まる。相当に迷惑《めいわく》をかけてしまったようだ。

「ゴホゴホッ、ご面倒《めんどう》ばかりおかけして、申し訳ありません」

私が立ち上がって頭を下げようとすれば、逆に深く横抱きにされた。馬上と同じ体勢だ。

「……もういい、これからは目を離《はな》さない」

「でも、ランス様はお忙《いそが》しく……」

「な、ならば隣《となり》で手伝え！　エムは平凡な妻になるのだろう!?」

「はい。頑張ります」

当然私でお役に立てることがあるのなら、なんでもする心づもりだ。たとえば……洗《せん》濯《たく》？　そういえば――。

「私がリネン室にいること、よくわかりましたね」

「……もうあそこで寝るな。エムが寝る場所はここだけだ。命令だ。いいな」

改めてここ、領主の間を眺《なが》める。美しくはあるが寒く、だだっ広い印象だったのに、ランス様がいるだけで熱く、そして狭《せま》くなった。

「でも、私がいてはお邪魔では？　他人がいては気が休まらないでしょう」

「っ！　この二日で慣れた。それ以前に旅でもずっと一緒《いっしょ》だっただろう？」

「抱き枕《まくら》のようなものでしょうか？　だとしてもいいのかしら……」

「安全面からもエムは俺と一緒のほうがいいと判断した。エムの私物もトランクから出して、ここのクローゼットに片付けた。ここがエムの部屋だからな！　……あ、荷を解いたのは俺だ。安心しろ」

領主で、公爵《こうしゃく》令息でもあるランス様がそんなことをしてくださるなんてビックリだ。

「そういえば、食べ物も入っていたな。あのお茶が好きなのか？　今淹《い》れるか？」

紙袋《かみぶくろ》に入れた食料品を思い出す。何者かに封《ふう》を開けられたことも。途端に恐怖《きょうふ》が蘇《よみがえ》った。

「あの……紙袋ごと、捨ててください」

「……わかった」

不意にランス様の腕の中で、ひっくり返され、正面から抱きしめられた。こんなことはもちろん初めてで、身をこわばらせそうになったけれど、ランス様の声があまりに真剣《しんけん》で……。ひとまず耳を傾《かたむ》けなきゃと、意識してリラックスし、平静を努めた。

「エムがメラニーから適当なことを吹《ふ》き込まれ、エレーナ嬢《じょう》と俺が恋仲《こいなか》だと誤解していると聞き、正直意味がわからなかった。彼女とはカリーノ伯《はく》との引《ひ》き継《つ》ぎの時に大人数での晩餐《ばんさん》を数回共にしただけだ。向こうも俺のことで気になるのは財布《さいふ》だけだろう。元気になったら、彼女からの手紙を読むといい。呆《あき》れるぞ？」

突然《とつぜん》のランス様の告白に、私の思っていた事実がひっくり返されて……心が乱れた。

「え？　……そう……なのですか？　ランス様はエレーナ嬢を好きで、エレーナ嬢がやがてここの女主人になるって私……」

「エレーナ嬢を好きじゃないし二度と会わない。神に――いや、俺の父に誓《ちか》ってもいい」

ランス様は私の瞳《ひとみ》を真っすぐ見つめて、きっぱりそう言いきった。

「じゃあ……私は、ここにいてもいいの？」

「ずっといるんだ。逆に出ていったら俺がついていくぞ」

私は思った以上に思い詰めていたようで、ぽろぽろと涙《なみだ》が零《こぼ》れてしまった。

ランス様はそんな私の頰《ほお》を恐《おそ》る恐る包み、親指でそれを拭《ぬぐ》った。たき火の前でもそうしてくれたのを思い出した。

「私、ランス様の前で泣いてばかりですね。カッコ悪い……ごめんなさい」

そう謝ると、ランス様は目尻《めじり》を下げて、首を横に振《ふ》った。

「……元気になったら、二人で買い物に行こう。……二人で好みのお茶を選ぼうか？」

そうだ。もうランス様がいらっしゃる。怯《おび》えなくてもいいのだ。私は指先で何度も涙を拭い、ちゃんとランス様と目を合わせると、彼はどこか不安げな表情で……なぜだろう？

「はい。ランス様、私のおすすめのお店、一緒に行ってくださいますか？」

「……ああ」

「ふふふ、楽しみです。とてもおいしいのです」

「……エムはやはり食い気だな」

ランス様は私を馬上と同じ横向きに抱きなおし、私の頭を自分の胸に軽く押しつけた。その慣れた姿勢に私は心の底から安堵《あんど》して……力が抜《ぬ》けて……まぶたが重くなる……。

「……エメリーン、これからは必ず君を守る。不自由させない。だから……出ていかないでくれ。〈死〉が二人を分かつまで……」

私の病状が軽くなると、ランス様はベッドの横のテーブルで書類仕事をするようになった。しかし、当然大人数での会議やすり合わせのようなことが日々必要なわけで、

「ランス様、私のせいで仕事が捗《はかど》っていないとなれば、責任を感じてしまいます」

そう言うと渋々《しぶしぶ》ダグラス様に引きずられ、出ていった。

そんな時も過保護に三人の側近の誰《だれ》かをここに残し、決して私を一人にしない。そして、

「エム、スープだけでも飲みなさい。そうしないと体力が戻らないってさ」

「タルサさん」

厨房《ちゅうぼう》からタルサさんが病人食を運んで、甲斐甲斐《かいがい》しく世話をしてくれる。

「タルサさん、お忙しいのにごめんなさい。もうすぐ夕食の仕込みの時間でしょう？」

「あー、大丈夫よ、ニルス一人で。作る相手の人数が減ったからね……」

「そうなの？　どうして？」

タルサさんがチラリと――さらに進化し共用の仕事机と化している領主の間のテーブルで――書面に目を通しているロニー様を見た。

ロニー様は顔を上げ私たちの視線に気がつくと、ベッドの横に椅子《いす》を運んで座り、私と目を合わせてくれた。あれ？　貴公子然としたロニー様の頬に青あざが。転んだのかしら？

「エメリーン様、この屋敷《やしき》、使えない使用人ばかりだったでしょう？　ですので切りました。私たちはじめエメリーン様も大抵《たいてい》のことはご自分でおできになるし、信用できない人間がウロウロしてるよりそのほうが気が楽でしょう？」

「ええっ！　リストラしたのー⁉」

「「りすとら？」」

「い、いえ、大量解雇《かいこ》したってことですか？　大丈夫？　余計な火種になりませんか？　皆様、食べられなくなって困りませんか？」

「エムってばなんてお人好《ひとよ》しな……」

タルサさんがロニー様を見上げ、二人して肩《かた》をすくめた。いつの間に仲良くなったの？

「そこがエムちゃんのいいところさ。エムちゃん、心配しなくて大丈夫だよ。戻られたランス様と言葉を交《か》わし、あまりの恐ろしさにこんな職場はお断りだと、皆《みな》進んで出ていったんだ。自主退職だね。ランス様は気前よくちゃんと退職金を渡《わた》したし、頼《たの》まれれば次の仕事の斡旋《あっせん》もした」

皆、ランス様の容貌《ようぼう》や覇気《はき》に怯えたってこと？　なんてことを……ランス様……。

「ランス様、落ち込んでらっしゃいませんか？」

「まさか、スッキリしてるよ。ランス様と目も合わせられないようじゃ、ここで仕事なんてできない。なんとしてでもランス様のもとで働きたいってぐらいの奴《やつ》でちょうどいいんだ。そもそもここは優《やさ》しい土地じゃないんだから」

「タルサさんもランス様のことが怖《こわ》い？　出ていきたい？　ランス様、本当はとっても優しいのよ？　とっても素晴《すば》らしい方なのよ？　とっても……」

「はいはいはいはい、わかってるって。そりゃあ、旦那《だんな》様の最初の怒《いか》りに当てられた時は気絶しちまったけど、そのあとエムを大事に大事に看病する姿を見たら、情に厚い素晴らしいお方だって、私もニルスもうすーっかりわかってるよ！」

　気絶？　え、気絶してたのは私だよね。きっと言い間違《まちが》いか聞き間違いだ。

「タルサさん、出ていかない？」

「いかないよ」

「よかった……」

　タルサさんの太陽のように明るい笑顔を見て、私も心底ほっとして笑《え》みを返した。

「ということで、タルサがこの屋敷の唯一《ゆいいつ》のエメリーン様付きのメイドで、自動的にメイド長になりました」

「「はあぁ⁉」」

　私とタルサさんは揃《そろ》って目を丸くした。

「ちょ、ロニー様、聞いてません！　私はしがない料理人で、メイドの仕事などなんの心得も……」

「厨房はニルス一人で回るそうだ。そしてエメリーン様が信頼《しんらい》している女はタルサただ一人。当然の成り行きだね。それに、エメリーン様はご病気さえ治れば自分のことはなんでもできる。洗濯すら自分でやってしまうお方だ。メイド長の仕事は、そんな自由な女主人の管理だ。楽だろう？」

この土地に来てから私がしてきたことは、とっくにバレてしまっているのだ。恥《は》ずかしいことをしたわけでもないし、自分の行動を後悔《こうかい》もしていない。でも……。

「……ロニー様、申し訳ありませんでした。私がロニー様に相談しなかったために、事が大きくなってしまったのでしょう？」

「エムちゃん……」

「言い訳をさせてもらいますと、私、ここでの立ち位置がわからなくて、どこまで私が口を出していいものなのか。皆様が私をどう認識《にんしき》しているかわかってから判断しようと思って。でも、どんどん手に負えなくなり、ロニー様にご相談をと思ったけれど、順序的にランス様にまずお伺《うかが》いしないといけない。それに私がこの先、他に移るのなら騒《さわ》ぎたてても……って。結局、体調を崩《くず》してご迷惑ばかりおかけして、なんと申し上げればいいか……」

ロニー様が苦しげに首を振る。

「エメリーン様の環境《かんきょう》と不安に気がつくことができず、申し訳ありませんでした。私も結局お坊《ぼっ》ちゃん育ちで、人があんなに悪意を持って接する……自分の主《あるじ》の奥方《おくがた》に陰《かげ》でつらく当たることがあるなんて思ってもいなかった。私がきちんと使用人に、どれほどあなたが大事なお方か伝えていなかったことが原因です。私しか味方はいなかったのに」

後悔を滲《にじ》ませたロニー様の顔を見て、私は慌《あわ》てて否定した。

「ロニー様が謝ることなどないです。だってロニー様は私などよりもやるべきお仕事が……」

「奥様。ロニーは旦那様に奥様のことを任されていたのです。せめて私にだけでも奥様についで話してくれていれば、このような事態にはならなかった。いや、つまりは私の責任ですな。この屋敷が機能せず、新しい土地に来たばかりの奥様を病に追い込み苦しめたのは、屋敷を管理する家令である私に一番の非がある」

突然私の言葉が遮《さえぎ》られ、驚いて声のほうを見ると、家令であるパウエルさんがトレイに何かを載《の》せて立っていた。

「パウエルさん、二階になんて上がって大丈夫なのですか？　ああ、ロニー様、何かわからないけれど受け取って」

「エムちゃん、この人は元気だから心配しないでいい。そして驚くほど黒いから」

黒いとは？　私が首を傾《かし》げると、パウエルさんはロニー様ににんまりと笑いかけてから驚くほどしっかりとした足取りで私のもとに来た。

「さあ、奥様、お薬ですよ」

「パウエルさん、ありがとう」

とりあえず飲む。やはり苦く飲みにくい。

「奥様、このたびの不始末、大変申し訳ありませんでした。これからは私めが奥様をしっかりお守りし、穏《おだ》やかに過ごせるよう差配いたしますからね」

「え……ありがとうございます。でも、無理しないでくださいね」

「はい」

　この城に残ったのは家令のパウエルさん、ニルス・タルサ夫妻、ロニー様、ダグラス様、ワイアット様、それだけだった。門番の兵士や警備、掃除《そうじ》など家事の手伝いは通いの人々で、それすらランス様の面接をくぐり抜けた、精鋭《せいえい》？　揃《ぞろ》い。

　私が寝ている間に、メラニーはじめ私を気に食わなかった人々は消えていた。どう話し合えばいいのかとくよくよしていたので拍子《ひょうし》抜《ぬ》けした。

「奥様が使用人にかくも心を砕《くだ》く状態などありえないのですよ？　全く本末転倒《ほんまつてんとう》です」

「あの、パウエルさん、先ほどから奥様って……私、まだ奥様ではないのだけど？」

「いえ、奥様と呼びますよ。アラバスター公爵閣下の名において、この婚約が覆《くつがえ》ることはありえませんので。エメリーン様だけが名実共に奥様です。そして使用人のことは呼び捨てにしてください。示しがつきません」

　ランス様のお父上である公爵閣下の命令ということだろうか？　使用人の皆様も、もうエレーナ嬢のことを誤解していないという表明？　どういう意味か問い返すチャンスもくれず、ニッコリ笑ったパウエルさんは優美なカップに人数分お茶を淹れてくれた。

　ロニー様がためらいなく優雅《ゆうが》に飲む。勝手に開けられた私の食料袋を思い出し一瞬怯《ひる》んだけれど、私もそっと口を寄せる。するとふわりと柑橘《かんきつ》のスッキリした香りが鼻に……それは私がこの街で買ったものではなくて、実家の、バルト伯爵家《はくしゃくけ》のブレンドティーだった。

「いかがですか？」

「……ありがとう……パウエルさん……パウエル」

取り寄せてくれたのだ。私のために、この城に残ってくれた誰かが。その気持ちがお茶の温《ぬく》もりと共に、心にジワリと沁《し》みる。

「これから奥様のお好みを、一つ一つ覚えていくのが一番の私の楽しい仕事になりますな」

そう言って笑うパウエルと対照的に、ロニー様が泣きそうな顔をして、頭を下げた。

「少しずつでいいから、私たちを、もう一度信頼してください」

「違《ちが》います！　ロニー様、信じています。私ロニー様のこと大好きでっ、信じているのに……私が器用に動けなくて、私が……ごめんなさい……」

私は頭をブンブン横に振りながら、ロニー様の手を掴《つか》み詫《わ》びた。ロニー様はいつもお忙しい中、私を優しく気にかけてくださった。一番歳《とし》が近くて……そう、兄のように思っている。涙が溢《あふ》れ、堪《こら》えるために唇《くちびる》を噛《か》みしめる。

ロニー様がメガネの向こうの黒い瞳に温かい光を宿して、私の頭をそっと撫《な》でた。

「大丈夫だよ。……大好きだよ、エムちゃんは我々の妹だ。だからもう、泣かないで」

私はロニー様とパウエルとタルサさんに甘やかされて、子どものように泣いた。


「おかえりなさいませ、ランス様」

熱が下がり、咳もおさまり体力もほぼ戻り、部屋でニルスさん（結局パウエル以外を呼び捨てにすることは、性格上無理だった）のおいしい昼食を食べていた私は、突然のランス様の帰宅にびっくりしながらも駆《か》け寄《よ》った。今日は一日中城下に下りて仕事と言っていたはずだけど？

「エム、城塞《じょうさい》の外の小川で水浴びしていたってのは本当か？」

「「ひっ！」」

ランス様の表情はいつになく険しく、私と共に悲鳴をあげたダグラス様とタルサさんはドアまでダッシュし、おざなりのお辞儀《じぎ》をしてバタンと戸を閉めて出ていった。逃《に》げ遅《おく》れてしまった……。

「本当……のようだな」

私はできるだけ体を小さくして、うなだれた。

「ストレスもあっただろうが……それも寝込んだ原因なんだな？」

「ど、どうしてご存じなのですか？」

「城塞の衛兵のガンズが、初心者の少年の狩《か》りを心配してあとをつけたら……なんと少年じゃなくて長い黒髪《くろかみ》の可愛《かわい》らしい妖精《ようせい》だったらしい」

あの、強面《こわもて》だけど実は心配性《しょう》で優しいおじさま……そこまで優秀《ゆうしゅう》だったとは！　それに妖精にたとえてごまかそうとしてくれるなんて、大人だ。

『エム、おまえそんなことしたのか？』

『わー！　ランス怒《おこ》ってるねー。私もあの時ビックリしたよ？　エムの謎《なぞ》の行動力に』

私たちの守護精霊《せいれい》であるラックとレッドは、私が目覚めて以降、部屋に私たち以外いない時に、こうしてぴょこんと現れる。

先日一瞬部屋に一人きりになった時、ラックにはガッツリ怒られた。どれだけ心配させたのかわかっているのか？　と。土下座して謝ったけれど、本当はちょっぴり嬉しかったのは内緒《ないしょ》だ。

「勝手に城塞を出て水浴びして、すみませんでした」

私はきちんと頭を下げた。

「そこじゃない！」

「は？」

「いや、そこも十分問題だった。襲《おそ》われ攫《さら》われたらどうする！　そのうえ一人で冷たい川に入るなんて。しかも……裸《はだか》で！　危機意識がなさすぎる！」

十分に周りに気を配り、誰もいないのを確認《かくにん》した！　と言いたいけれど、実際つけられて目撃《もくげき》されている。何も言えない。

「申し訳ありません。どうしても、体を洗いたくて……」

「ここの風呂《ふろ》よりも、川のほうが安心できたのか？　……今もそうなのか？　俺がいると安心できないか？」

「いいえ、あの時は得体の知れない敵意に怯えて、判断力が低下していて……今はそんなことはありません。むしろ早くパウエルの許可を貰《もら》ってここのお部屋のお風呂を使ってみたいです。ランス様のことは完璧《かんぺき》に信頼しているので、たとえばうっかり裸を見られても全然平気です！」

私は誤解のないように親指をビッと上げた。

家令であるパウエルは医療《いりょう》にも詳《くわ》しく、私の体調をきっちり管理する。誰もがパウエルの言うことを聞き、私の入浴を許してくれない。逆らったら年配のパウエルが倒れてしまうと思って、遠慮《えんりょ》しているようで……みんなお優しい。

「信頼されているのは嬉しいが……なんなんだ、この敗北感は。ここまで意識されていないとなると……」

「ランス様?」

「とにかく二度と川で水浴びするな！　エムが風呂に入るのはここだけだ。わかったか！」

「はい！」

ランス様は入ってきた時の意気込みと対照的に、ヨロヨロと出ていった。

『ランス……』

『ランス気の毒ねー！』

ランス様と入《い》れ替《か》わりにパウエルが入室してきた。ラックとレッドは途端に消える。

「パウエル、今夜こそは入浴してもいいですか?」

「ダメです。深夜に発熱する傾向《けいこう》があるでしょう?　今夜の様子を見て、大丈夫であれば明日の暖かい時間に入りましょうね。しかし、まさか抜け出して小川に浸《つ》かっていたとは……令嬢《れいじょう》という常識に囚《とら》われて気がつかなかった。私もまだまだですね……ふふふ」

食事のお皿を下げようとするパウエルを慌てて止めた。階段で転びでもしたら大変だ。私がトレイを取り上げると、パウエルは目を見張ったあと、ニコニコしてありがとうございますと言った。

私は久々に一階に下りて厨房に行った。ドアを開けるとニルスさんが黙々《もくもく》と夕食の準備をしていた。

「エム！」

ニルスさんは手にしていた包丁をまな板に置き、私のそばに大股《おおまた》で来て、私の手からトレイを取り上げた。

「起きて大丈夫か？　なんで自分で持ってきた？　タルサは何をしている？」

「タルサさん、忙しいんです。たった一人のメイドになっちゃったから……」

「ああ……」

二人で遠い目をして、ここではないどこかを見つめた。

「だがな、慣れない仕事に悪戦苦闘《あくせんくとう》しているが、つらくはないってよ。皆が頼《たよ》りにしてくれてこれまでの何倍も仕事が楽しいってさ」

「でも厨房の仕事は、ニルスさんに皺《しわ》寄せがきているのでは？」

「そう思うのなら、早く元気になって手伝ってくれ」

「そのじゃがいも、私が剝《む》きます！」

「今日はダメだ」

ニルスさんが火のそばに椅子を置き、私を腰かけさせる。

「あ、私、キノコをたくさん摘《つ》んだのに、どうなったかしら？」

「……どこにあるのですか？」

再びパウエルが現れて声をかけてきた。

「あの、グレーの保存袋です。あの日リネン室に持ち込んでいたはず……」

しばらくすると、パウエルが私の保存袋をどこからか見つけてきた。私はいそいそと中身を作業台に載せる。採取から一週間ほど経《た》ち、ハーブはクシャッとしおれていたけれど、キノコはまだ食べられそうだ。

「これは……立派なのを見つけたな。このヤマガミダケ、肉厚でうまそうだ」

「料理に使えますか？　よかった！」

「奥様、これは例の小川のほとりで採取したのですか？」

思わず顔を引きつらせて縮こまった。

「ふふふ、もうランス様に怒られたのですから私は何も申しませんよ。でも今度から誰かを連れていかなければなりません」

「はい……」

なんだろう、このパウエルの威圧《いあつ》感……おじいさんなのに……。

「そうだな、日が経っているから念のため煮《に》込むか。エムは何が食べたい？」

「ニルスさんのスープに入れてほしいです」

「わかった。あったまるようにとろみをつけて……せっかくだからそのハーブも使おう」

「ありがとう！　楽しみです」

「エムの食《く》いしん坊《ぼう》が戻ってきたぞ……全快までもうちょいだな、よかった……」

「さあ、奥様、薬を飲んで、部屋で一休みしましょうね」

私はゆっくりと先だって部屋に戻った。


「家令」

「なんでしょう？」

「あの、俺たち、本当に奥様？　のこと、エムなんて呼び捨てのままでいいんですかい？」

「今更《いまさら》奥様などと呼ばれたら、泣いてしまわれますよ？　あなた方はただのエムと出会い、その人柄《ひとがら》を気に入った。ここの奥方という先入観なしに。それが理不尽《りふじん》な仕打ちを受けていた奥様にとっては救いだったでしょう。あなた方はエメリーン様が王都で悪名高い女性とわかったら……態度を変えますか？」

「まさか！　エムは食いしん坊で、健気《けなげ》なエムのままだ！」

「ならばこのままでいいではありませんか」

こんな会話が交わされたゆえに、私がニルス・タルサ夫妻からいつまでもエムと呼ばれて可愛がられているのだと、ずっとあとになってパウエルに教えてもらうのだった。

私が採ったキノコは出汁《だし》が出る類のものであったらしく、いつものスープがとても味わい深いものになっていた。ランス様もおかわりをしている。

「ああ、おいしかった。ご馳走《ちそう》様でした」

「どういたしまして。ふふふ、そんなにおいしかったのかい？　私もあとで食べるのが楽しみだ」

タルサさんはそう言いながら食器を下げてくれた。

私が椅子から立ち上がると、ランス様がサッと抱き上げベッドに向かおうとする。

「待って、あの、バスルームで体を拭《ふ》こうと思ってます」

それを聞くとランス様はクルッと方向を変え、連れていってくれた。扉を開け、私を浴《よく》槽《そう》の縁《ふち》に座らせると、大きな洗面器に水を入れ、そこに手を浸《ひた》した。しばらくすると洗面器から湯気が立ちのぼる。

「すごい……」

どうやら水の中で火魔法《まほう》を発動したようだ。

『ランスの反則技《わざ》だ』

ランス様の頭の上で、レッドがボヤいている。その表情、ランス様にそっくりだから。

「具合が悪くなったらすぐ呼べよ？」

私の頭をポンポンと叩《たた》きながらそう言うと、レッドをプカプカ引きつれ出ていった。

私はありがたくお湯を使わせてもらい体を拭く。気持ちよくて、はあっと声が漏《も》れた。

『随分やせたねえ。勝手にエムがランスのことを誤解して突《つ》っ走《ぱし》ったからだよ？　いわば自業自得《じごうじとく》。ほんっとにバカなんだから。反省しなさい』

「はーい」

ラックに謝りながら鏡を見ると、やつれた地味な女が映っていた。でも顔に赤みがさしてきたし、もうすぐ復活できるはず。下着やナイトドレスを着替《きが》え、髪《かみ》を梳《す》く。

「ねえ、私、臭《くさ》い？」

『まだ大丈夫じゃない？』

もう一週間、体も髪も洗っていない。川の行水の件がバレて急に気になるようになった。

「まだって何？」

「エム！」

ランス様が心配しているので慌てて扉を開けた。再び抱き上げられ、ベッドに向かう。

「待って、今日はソファーで寝ます！」

「……どうして？」

「ランス様とひっついて寝たくないのです」

『オイ――ッ！』

なぜかレッドが絶叫《ぜっきょう》した！　いつもクールな感じなのに!?

「……俺がいよいよ憎《にく》くなったか？」

「憎いです！　だって、ランス様はいっつも石鹸の良《い》い匂《にお》いをプンプンさせて、私は多分すんごく汗臭《あせくさ》くて……次にお風呂に入るまで、ベッドで寝ないと決めました！」

「却下《きゃっか》！」

あっという間にベッドに転がされ、ランス様の体に覆われた。ランス様がパチンと指を鳴らすと、ランプの炎《ほのお》が小さくなった。すごい！

『またランスの反則技……』

「くだらないこと言ってないで、さっさと寝ろ！」

「もう、ランス様！　あったかいけど、あったかいけど私臭いのに……」

私が涙目《なみだめ》で見上げると、睨み返された。

「いいか？　エムは臭くない！　エムはキャンディーの匂いしかしない！　平熱になり、この城が完璧に安全になるまではこのままだ。おやすみっ！」

私は目の前の大きな胸に鼻を寄せ、クンクンと匂いを嗅《か》ぐ。

「ほら、自分ばっかりいい匂いさせてズルイ……」

私は恨《うら》み節を言いながら、ランス様の爽《さわ》やかな香りに包まれて、やがて熟睡《じゅくすい》した。

「顔を胸に押しつけて寝るとか……拷問《ごうもん》か？　勘弁《かんべん》してくれ……」

『エムは煽《あお》るのが上手だねー！　さすがブラウンズの悪女』

『おまえら二人とも本当にたち悪い。ランス、気の毒に……』

「……森で水浴びなど……そんな苦労二度とさせないから……」


ようやく私の肺炎《はいえん》一歩手前の風邪は完治し、パウエルから日常の生活に戻ってよしと許可が下りた。

一階の大人数仕様の食堂はいつの間にか改装され、こぢんまりしたダイニングになり、六人掛《が》けの小さなテーブルが置かれていた。そこでランス様と私は食事をとる。時間が合えば、他の皆様もご一緒だ。今朝はロニー様と三人である。

ニルスさんの優しいパン粥《がゆ》を食べながら尋《たず》ねる。

「ランス様、今日は私、何かお手伝いすることはありますか？」

ランス様は朝からガッツリ肉を山盛りで、瞬《また》く間《ま》に胃袋《いぶくろ》に収めていく。

「いや、特にない」

「ロニー様は？」

ロニー様の朝食は軽めらしく、トーストとりんご。四人の中で一番スリムなのも納得《なっとく》だ。

「そうだね、ランス様から許可も出たし、この領地の帳簿《ちょうぼ》の確認と収支の計算を覚えてもらおうかな。午前中、詰所《つめしょ》に来てもらっていい？」

「はい、よろしくお願いします」

いよいよ領政デビューだ。頑張るぞ！　と拳《こぶし》を握りしめていると、ランス様が不意にフォークの手を止めた。

「エム、では午後は一緒に買い物に行かないか？」

確かに久々に外の空気を吸って、この地方のお菓子《かし》なんかを探してみたい。願ってもないお誘《さそ》いだ。

「是非《ぜひ》お供させてください」

私が勢い込んで返事をすると、ランス様は安心したように息を吐《は》き、食事に戻った。

「エムちゃん、靴《くつ》を買ってもらっといで？　可愛いやつ。ランス様は力持ちだから、いっぱい荷物を持ってもらえるよ」

ロニー様が私たちを微笑《ほほえ》ましそうに眺めながらそう言うけれど、荷物持ちは私よ？

詰所でロニー様の横に丸椅子を持ち込んで、ちょこんと座る。他の事務作業担当の皆様は居心地《いごこち》が悪そうだけれども、資料をいちいち別室に運ぶとか面倒なので、私のいる光景に慣れてほしい。

前世ぶりのデスクワークは新鮮《しんせん》で、あれこれ間違ってしまったけれど有意義だった。

「エムちゃんって、こういう地味な作業に抵抗《ていこう》ないいんだねえ」

好きではないけど抵抗もない。だって絶対に必要な仕事だと納得してるもの。教師も大半がデスクワークだったし、まず領地の現状を把握《はあく》しなければ改善もできない。

いずれ全体像が摑めたら、保存年月を決めて重要度ごとにファイリングしよう。前領主から引き継いだばかりだからしょうがないけれど、この部屋は秩序《ちつじょ》がなさすぎる。自分にも領地に貢献《こうけん》できそうな分野がわかって、やる気が湧《わ》いてきた。

もうキアラリーを出ていくことはないのだから、張り切ってもいい……よね？

キリのいいところで終わらせて明日もよろしくと皆様に挨拶《あいさつ》し、詰所を出ると、ランス様が二階から下りてきた。私との買い物の装《よそお》いは白シャツにカーキ色のパンツに黒の上着で、とても新鮮だ。

「行くか？」

「はい、お財布を持ってきます。あ！」

私の家宝のマジックバッグ、今どこにあるの？　確かあの時、肩に掛《か》けたままリネン室で……。

「エム……俺と動く時は財布は必要ない」

「あの、でもお財布をどこかにやってしまって！　あれは」

「焦《あせ》るな。エムの財布が入ったいつものバッグは俺が預かっている。絶対に盗《ぬす》まれない場所に。……あれは無限収納付きだろう？」

私は目を見開いた。バレてる。ああでもランス様に隠《かく》し事《ごと》など必要ないのだ。私たちは運命共同体だもの。多分、これからずっと。

「父が持たせてくれました。あれはバルトの家宝で、やがて弟に返すものなのです。あの……」

「エム、俺はエムのあれを取り上げようなどと思っていない。見ろ」

ランス様は上着の内ポケットに手を入れた。するとポケットより大きな私のバッグが飛び出した。

「旧家には似たようなものが伝わっている」

上着に細工がしてあるのか、ポケットの中に袋があるのか……さすがアラバスター公爵家。我が家のマジックバッグの比ではない性能に間違いない。

「ああ……ありがとうございます」

私はランス様からバッグを受け取り、斜《なな》めがけするとホッとした。このバッグこそが私の生命線なのだ。

その様子を見てランス様が何やら思案していたことなど気がつかなかった。


隠し通路を使わず堂々と正面から出た久しぶりの外は、日差しも暖かく木々には白やピンクの花が咲《さ》き、うららかな春が到来《とうらい》していた。

リングに乗ると思い厩舎《きゅうしゃ》に向かおうとすると、ランス様は私がいつもしていたように行こうと提案し、差し出された腕に手を添《そ》え並んで歩く。すると、外で訓練している兵士たちにギョッとした顔で見られた。

そうだ。前回は少年の格好をしていたから目立たなかったけれど、今日は地味とはいえ女物のドレス姿だ。私が悪名高き、憎《に》っくき押しつけられ婚約者だとバレてしまう。

ここ数日、屋敷の中で優しい人々に守られていたから忘れていた。勝手に体がブルッと震える。

「ランス様、やはり買い物は今度にいたします。今日は先ほどロニー様に教えていただいたことを、部屋でおさらいして過ごします」

まだ、私は弱っているようだ。買い物はまた今度、そっと一人で抜け出して行こう。

ランス様がチラリと視線を下ろし、私を見た。

「体力的に無理か？」

「そうですそうです」

私はすかさずランス様の言葉に乗っかった。すると一瞬で腕に抱き上げられた。いつものクセでサッと手を首に回す。

「確かにエムは病《や》み上がりだからな。これでいいだろ」

「ラ、ランス様、ダメです！　外です！　下ろして」

私が身をよじると、ランス様が私の耳に口を寄せる。そしてなぜか小声で、

「最近エムの看病で体が鈍《なま》ってる。エムを抱いて歩けば腕が鍛《きた》えられる。いろいろちょうどいいんだ」

「そ、そんな理由⁉」

私もとりあえず小声で返す。

「平凡な俺の体力向上も、平凡な婚約者の務めだ」

「ええっ？」

っていうか、ランス様、これ以上体力向上を図《はか》るの⁉

私が戸惑《とまど》っている間も、ランス様は私を抱《かか》えたままズンズンと坂道を下っていく。遠巻きに多くの人に注目されているのを肌《はだ》で感じて、ピリピリする。

「あの……強面のランスロット様と身を寄せ合って……」

「しがみついて……近い近い！　政略結婚《けっこん》の距離《きょり》じゃないだろ？」

「婚約者さん顔真っ赤……涙目……あ、ヤバイ、庇護《ひご》欲が……」

「なんだ……めっちゃ仲良しじゃねえか……」


そういえば、きちんとランス様の婚約者として女性の格好で街の皆に会うのは初めてだ。これまでのことを説明し、今後とも仲良くしてもらうためにできるだけ礼儀《れいぎ》正《ただ》しくして、好印象を与《あた》えようと思っていたのに……こんな子ども抱っこ状態でどうしろと⁉　私は思わずランス様の首元に顔を埋《うず》めた。

「どうした、エム？」

「恥ずかしい……もうほっといてください……」

「着いたら起こしてやる。寝てていいぞ」

「寝ませんってば！」

「ああ、そういえばロニーがエムからキャンディーを貰えと言っていた。今日の俺の声はおかしい？」

「いえ、いつもどおり素敵《すてき》です。でもロニー様がそうおっしゃるのなら風邪の引き始めかも。私のがうつったのならいけないですね。とりあえず……はい」

私はいつものようにポケットからミントキャンディーを取り出して、両手の塞《ふさ》がったランス様の口に入れた。

「これは爽やかだな。うまい。ありがとう」

「どうみてもデロ甘《あま》じゃん……」

「腰摑《こしつか》んでるな……ガッチリ！」

「あの体格差……」

「戦鬼《せんき》閣下が笑った……」

いろいろと噂話《うわさばなし》されているのがわかったけれど、いたたまれなくて考えないようにした。それと、妖艶《ようえん》な魔女《まじょ》じゃなくて本当にごめん……。

城下に到着《とうちゃく》すると、ようやく地面に下ろしてもらった。

「まずエムの服を買おう」

「え？　いりませんけど。今日はランス様のお買い物のお手伝いですよ？」

「今着てる服とあと一枚ドレスがあるだけだろう。当然あの子ども服は論外だ」

「二枚あれば回ります」

「……雨が続いたらどうする？」

確かに。論破されてしまった。

「それに、今履《は》いている靴も旅でぼろぼろだ」

ロニー様も靴と言ってた。私のこのヒール靴、随分傷《いた》んで見えるみたい。

「ブーツは買いました。ヒールのある靴はここではもう必要ないかと……ひっ！」

「……いいから黙《だま》って買われておけ！」

私は衆人環視《かんし》の中、前回あれこれを買った雑貨店ではなく、ちょっとおしゃれな婦人用品店に連れていかれた。女性の店主、マダムアリアさんはなぜか怒っているランス様に言われるがまま、私に合うサイズのものを見繕《みつくろ》ってくる。顔が青い。

「ランス様、こんなに必要ありません！」

「言っておくがエムに拒否《きょひ》権はない。婚約者たる俺の管轄《かんかつ》だ」

「貧相《ひんそう》な私ではなく、英雄《えいゆう》であるランス様こそ、もっと持ち物にお金をかければ……」

「俺の妻になる人は貧相ではない！　ケンカ売ってるのか⁉」

「えええ？」

「何このバカップル……」

「マダム、何か？」

「い、いえ、こほん。婚約者様があまり物を必要とされない方だとはわかりましたが……話を伺っていると、赤いドレスを持っていらっしゃらないのでは？」

赤いドレス⁉　絶対に私のキャラじゃない。よほど自信がないと着こなせない代物《しろもの》だ。

「確かに持ってないわ。でも残念だけど、赤は華《はな》やかすぎて私には似合わないと思うの」

「この地方では、結婚したら、夫の色のものを纏《まと》う習慣がございます。領主様の赤を一着も持っていないのは未来の奥方として問題です」

そうなの？　私はマダムを見上げると、なぜかマダムはランス様と頷き合っていた。

「赤もいろいろですわ。婚約者様に合う赤もございます。たとえばこのローズレッドとか……」

そう言うとマダムは赤系に絞《しぼ》ってあれこれとドレスを小物も含《ふく》め持ってきて、私に試着をさせた。サイズなおしのいらない既製《きせい》品を二枚ランス様が選び、それに合った靴、そしてナイトドレスや下着を数枚、ランス様はサクッと購入《こうにゅう》した。

着てきた服は片付けられ、赤とピンクの中間のような色味のシンプルなドレスを着たまま、外に出るよう促《うなが》される。

「ランス様……良いのですか？」

私なんかが、あなたの赤を纏っても。

「……あまりグダグダ言ってると、エムのもの全て真っ赤に染めるぞ？」

私が……周囲からバカにされぬよう気を配ってくれるランス様。本当に英雄だ。私がお役に立つ間は、精一杯《せいいっぱい》赤を身につけて、おそばでお仕えしよう。

「領主様、磨《みが》けば光りますわよ。領主様が心配になるほどに。採寸しましたので、今後は季節ごとに順々に仕立てればよろしいかと。ご要望があればどのような生地《きじ》でも仕入れます。いつでも相談に乗りますわ」

「……頼む」

私がさらに、替えのブーツを試着している間、マダムとランス様はヒソヒソと情報交《こう》換《かん》？　していた。市井《しせい》にも目を配られるランス様はきっと良い領主になる。良く生きれば良い〈死〉が迎《むか》えてくれる。

ランス様の肩にいるだろうレッドを探して、そう思った。

購入した荷物は、直接城に届けてくれるそうだ。

ランス様がお腹《なか》が空《す》いたと言うので、そのままブラウンズに案内した。昼を少し過ぎ、今日もたくさんのお客さんで大賑《おおにぎ》わいだ。

「ここがエムの世話になったという……これはまた渋い店を選んだな。エムの選定基準がまるでわからない」

ランス様が顎《あご》に手を当てて考え込んでいる。

「混んでますね。座れるかしら？」

私がそっと両手で引き戸を開ける瞬間《しゅんかん》に、ランス様に腰を掴まれ引き寄せられた。通りの邪魔になっていたようだ。気がつかず申し訳ない。

「ヘイ、いらっしゃい！　ひっ！」

いつも大賑わいのブラウンズが一瞬無音になり、そのあと一斉《いっせい》にざわついた。領主様のご来店となれば仕方がないことだ。

店内は混雑していて、小さなテーブルと、ランス様が座ったらバッキリ壊《こわ》れそうな椅子しか空いていない。

「ランス様、しばらく待ちましょ……」

「いえいえいえいえ！」

冒険者《ぼうけんしゃ》風の大男のグループが慌てて席を空けてくれた。彼らの席はゆったりとしたソファーでランス様のお尻《しり》を乗せても大丈夫そうだ。でも、

「まだごゆっくりされたいのでは？」

「もうオレら、食べ終わりましたので！　マスター、お皿下げちゃって～勘定《かんじょう》～！」

馴染《なじ》みのウエイトレスがサッとテーブルを綺麗《きれい》にしてくれた。ここまでされて座らないのもアレなので、大人しく座る——ランス様の正面に座ろうとしたらグイッと腰を引かれ、ランス様の横にポスッと沈んだ。ソファーに横並び？

「男性客が多いな……」

「このほうがシェアしやすいだろう？」

そうなのだろうか。私はこの世界で、このように連れ立って外食をしたことがないから わからない。ちょっと悲しい。

「領主様、このたびはご来店ありがとうございます！」

マスターがバタバタとエプロンを取りながら挨拶にやってきた。私の顔は見てくれない。今日も化粧《けしょう》はしていないのに、服装が変われば気がつかないもののようだ。

私は緊張《きんちょう》を抑《おさ》え込んで、コホンと咳払《せきばら》いし、マスターの注意を引く。

「ブラウンさん、お久しぶりです。今日はランス様にこちらのお魚料理を食べていただきたくて参りました」

「……は？」

ブラウンさんが知らない女に声をかけられて、わけがわからないって顔をしている。話をしても思い出してもらえないなんて……ショックだ。

「マスター、エムです。マスターの森のとっておきの場所、教えてくれてありがとう」

「「「「はああああ？」」」」

常連の皆様まで、大声でどよめいた。

「待て待て、は？　エム坊？　え？　この可愛いお嬢ちゃんが？」

「はい、エムです。よかったあ、覚えててくれて。マスターから教えてもらった穴場のキノコ、とってもおいしかったです。ね、ランス様」

「エムだ……目を閉じれば確かにエム坊だ……」

「マスター、俺の不在中エムに親切にしてくれて感謝する。エムは……身の安全のために、少年の格好をすることもある。これからもエムにいろいろと教えてやってくれ」

「はいっ！」

急にランス様が私の肩を抱き、自分の首元に私の顔を押し込めた。

「皆も、我が未来の妻エメリーンを……よろしく……な」

私の頭上を何かがかすめた。

「「「は、はいぃ〜！」」」

ランス様の腕が緩んだので、プハッと顔を上げた。

「ちょ、ちょっと、なんですか？　今の？」

「いや、虫が来ないように牽制《けんせい》だ」

飲食店だから衛生面を気にされているの？　領主自ら……私も見習わないと。

今日のおすすめ料理を注文し、ランス様にここで学んだこと、皆様がとても親切だったことを活気ある店内を眺めながら小声で話す。ランス様も顔を寄せて質問をしながら相槌《あいづち》を打ってくれる。そうしていると料理が来た。

私は大好きな魚を半分切り、ランス様のお肉料理のお皿に移す。

「こっちも食べてみてください！　とってもおいしいのです」

「なんと！　食いしん坊のエムが半分領主様にあげるのか？　愛だねえ」

「マ、マスター、食いしん坊って言うなー！」

「……ほら、エム」

ランス様に振り向くと、ランス様のフォークに刺《さ》さったお肉を口に入れられた。

「フグン……モグモグ……うわあ、スパイスが効いててこっちもおいしいです！　ランス様ありがとう！」


「こりゃ……可愛いわ……」

「だって荒《あら》くれ者《もの》御用達《ごようたし》のブラウンズに突如《とつじょ》舞《ま》い降《お》りた天使のエム坊だぞ？」

「誰だよ。閣下の婚約者は魅惑《みわく》の悪女だとか言ってたやつ」

「おまえだよ。騙《だま》されたいって悶《もだ》えてたのは！」

「頭のてっぺんにチュッて……戦鬼がチュッて……」

いつになく皆様のおしゃべりが弾《はず》んでいるなあと顔を上げると、店内は順番待ちの客で溢れ、店の外の通りからも窓ガラス越《ご》しにたくさんの領民が首を伸ばして覗き込んでいた。

「なるほど、今日が実質、ランス様の城下でのお披露目《ひろめ》という感じなんですね」

兵士や街の顔役たちとの打ち合わせはこれまでもあっただろうけれど、新領主が庶民《しょみん》の前にしっかり現れたのは、今日が最初なのだ。

詰《つ》めかけた人々の表情を見ると、皆目をキラキラと輝《かがや》かせ、頼もしそうに見つめている。この厳しい辺境において、ランス様の人相や体格は、きっと問題ではないのだ。

「皆様ランス様とお話ししたいみたい。何か言葉をかけてはいかがでしょう？」

皆の領主であるランス様を私が独《ひと》り占《じ》めするのは、なんだか申し訳ない。

「……そうだな。いい機会だ」

ランス様は立ち上がると、スマートに私をエスコートして店の入り口に進んだ。私たちが顔を出せば、店の内からも外からも歓声《かんせい》があがった。

そんなちょっとした興奮状態の場を、ランス様は手を高く上げて鎮《しず》め、水をうったような静けさになった。

「皆、私が新しいキアラリー領の領主、ランスロット・キアラリーだ。領主としては新米だが、皆を命がけで守り、共によりよい生活を目指し、努力することを約束する」

うおおおおー！　という声が地鳴りのように響きわたる。

「そして、私の隣にいるのが次期領主夫人となるエメリーンだ。私はこの地に来て早々討伐に出ていた。その間、彼女の面倒を見てくれた温かいこの城下の皆……特に薬屋のイブ、武器店のアラン、城塞の衛兵ガンズ、ブラウンズの常連客、寄り添ってくれて感謝する」

周囲を見渡《みわた》せば、薬屋のイブさんや、武器店のアランさんなど見知った顔も集まっていて、突然名を呼ばれキョトンとしていた。おそらくまだ少年姿の私とこの女装？　の私が結びついていないのだろう。

それにしても、ああ……ランス様は不在中の出来事を全て調べ上げ掌握《しょうあく》しているのだ。その間の私の気持ちを少しでも理解し、償《つぐな》おうと。その気持ちが嬉しい。

「私は彼女を生涯《しょうがい》ただ一人の女性と定めている」

思わぬ私の紹介《しょうかい》文に、けたたましいほどの黄色い声が湧き起こる。私はというと……呆然《ぼうぜん》としてしまった。どういう……こと？　そんな私の肩をランス様が優しく抱いた。

「皆、エメリーンに私と同じ敬愛を向けてほしい。私が不在の時は力になってほしい。そして不甲斐ない俺……は、この俺の領地で彼女を悪意に晒《さら》してしまった。俺が彼女から信頼を勝ち取り、挽回《ばんかい》できるように応援《おうえん》してくれ」

ただ一人の女って、挽回したいって……どうしよう、つい、未来を夢見てしまう。私がスカートをぎゅっと握りしめ、動揺《どうよう》を収めようとしていると、真剣な顔をしたランス様が私を覗き込んだ。その美しい紅の瞳には私だけが映っている。

「なあエム、ここまで大勢の前で宣言すれば、二度と俺の想《おも》いを疑う隙《すき》などないだろう？」

「でも、でも、エレーナ嬢のことが違ったとしても、〈祝福〉は？　それがそもそもの結婚の……」

「俺は今、〈祝福〉よりも、エムがいなくなることのほうが恐ろしい。あんな平凡な〈祝福〉、日々あまりに慌ただしくて思い出す時間もない」

ランス様は、〈死〉の呪縛《じゅばく》から、一歩踏《ふ》み出せたのかもしれない。ここまでの彼の道のりを思えば、涙がじわりと込《こ》み上げる。

「エム、エムにとって目まぐるしい日々で、そのうえつらい目に遭《あ》わせた。詫びても詫びきれない。でも、俺はエムの最後の男になり、二人で平凡にここで生きていきたい。エム、俺のことを理解する努力をしてくれないか？」

ランス様がここにいてほしいと、生涯を共にしたいと言葉を尽《つ》くしてくれる。私に。

ランス様はずっと傷だらけになりながら国民のために戦ってくれた正義の人。嘘《うそ》なんてつくわけがない。

そもそもランス様が誠実なことくらい、身に沁みてわかっている。口下手で不器用だけれど、出会って以来、時間を見つけては私に寄り添い、そうすることで傷ついた私の心を労り、味方でいると態度で示してくれた。

二人で過ごした穏やかな時間が脳内で次々と再生され、とうとう涙が決壊《けっかい》する。

ああ……ランス様はずっと、確かに私だけを大事にしてくれていたのだ。

私だってランス様を生涯支えたい。運は、時に自力で摑み取るものだ。ここで根性《こんじょう》を出さないと私の守護精霊であるラックに顔向けできない。

エム、勇気を出すんだ！　勇敢《ゆうかん》にも生徒を守った——チハルのように。

私は皆に聞こえるよう、誰もに私の意思が伝わるように、はっきりと宣言した。

「ランスロット様、どうぞ末永く、よろしくお願いします」

固唾を吞んで見守っていたギャラリーが、わーっ！　と沸《わ》いた。

「うわー！　暑い暑い。もう夏かな？」

「もうとっとと結婚しちゃいなよ！」

「領主夫婦《ふうふ》が仲睦《なかむつ》まじいとはめでてえな！　キアラリーは安泰《あんたい》だ」

「閣下、エム坊、ばんざーい」

あまりのバンザイコールとたくさんの冷やかしに涙が止まり、恥ずかしくてついランス様の胸で顔を隠していると、頭上で珍《めずら》しい笑い声が聞こえ、そのまま抱き上げられた。

「ラ、ランス様？」

見上げたランス様の表情は、今までになく柔らかく美しくて……眩《まぶ》しかった。顔に血が集まるのがわかる。

「よし、帰るか。誤解も解けたことだし、ちゃんと……舞台《ぶたい》を整えて伝えたいこともある」

「舞台を整えてって？　だから、歩けますって！」

「善は急げだ。歩くんじゃ遅《おそ》い」

ランス様は私など荷物ですらないように、城に向かって駆け出した。

「嘘――！」

『速い～』

『吹っきれた男は怖いものなしだな』

私たちは賑《にぎ》やかな領民たちと、頭上を気持ちよさそうにピィーと鳴きながら旋回《せんかい》するファルコと、ご機嫌《きげん》なラックとレッドに見守られながら、全速力で家路についた。

エピローグ

帰宅後、初めて部屋備え付けのお風呂《ふろ》に入った。実家では厨房《ちゅうぼう》で沸《わ》かしたお湯を何度も運び浴槽《よくそう》いっぱいにしていたけれど、ここでは蛇口《じゃぐち》をひねって水を入れ、ランス様が両手を突《つ》っ込んで温めればできあがり。信じられない。

『極楽《ごくらく》だねえ』

ラックも気持ち良さそうに浸《つ》かっている。今後はお風呂でラックと内緒話《ないしょ》ができそうだ。

「ラック、今日たくさんランス様に買い物させてしまったの」

『いいんじゃない？　ランスもバカじゃなし、できないことはしないでしょ？』

「無駄遣《むだづか》いしたって、レッド、怒《おこ》ってない？」

『ちょっと！　私よりレッドの機嫌《きげん》が気になるわけ？』

「ごめん。だって……」

『はあ……エム、あれしきでレッドは怒んないから……。あれ、なんかふわふわしてきた？』

「ラック、まさかのぼせたの？　精霊《せいれい》なのに？」

念願の入浴を果たし、今日買ってもらった赤い小花模様のナイトドレスを着て、髪《かみ》を乾《かわ》かしていると、ランス様が打ち合わせから戻《もど》ってきた。

「ランス様、お湯、ありがとうございます。とっても気持ちよかったです」

「そうか……俺も入ってくる」

「はーい」

私が明日に備えて午前中に学んだ仕事の復習をしていると、ランス様がバスルームから出てきた。ランス様はカラスの行水のようだ。

こちらも今日購入《こうにゅう》した薄紫《うすむらさき》色のゆったりとした寝間着《ねまき》のシャツを、ボタンを留めず羽織ったまま、タオルでわしゃわしゃと髪を拭《ふ》いている。シャツから覗《のぞ》くお腹《なか》にはたくさんの傷痕《きずあと》が見えるけれど、もう痛くないのだろうか？

「エム……体調はどうだ？」

「ランス様が全然歩かせてくれないから、全く疲《つか》れておりません」

私は思わず苦笑いする。

「いや、病のほうだ」

「病？　パウエルは順調に回復していると。あ、元気になったから隣《となり》の部屋に移ったほうがいいですよね。でもロニー様もそのままランス様に守られていてほしいとおっしゃって」

ロニー様が言うには、不穏分子《ふおん》のあぶりだしが完了《かんりょう》していないから、一番安全なこの領主の間で大人しくしてほしいとのこと。守られる立場の私は、もちろん受け入れる。

「そうだな、前も言ったように俺と同室でいれば、侮《あなど》っていた輩《やから》も認識《にんしき》を正すだろう。だが、エメリーンは嫌《いや》じゃないか？　結婚《けっこん》するまで無理強《むりじ》いなどしないと誓《ちか》うが」

「え？　ランス様が無理強いなどするわけがないじゃありませんか」

ランス様は目を細め、私の隣に腰《こし》を下ろした。美しい紅《あか》い髪はまだ乾いていなくて、キラキラと光る。ついそんな彼の髪にそっと触《ふ》れ耳にかけると、その手を優《やさ》しく摑《つか》まれた。何事かと思いランス様と目を合わせれば、緊張《きんちょう》をはらんだ紅の瞳《ひとみ》に射抜《いぬ》かれた。

「エム……改めて告白させてくれ。俺は、この世界で一番エムのことを、あいし……」

ドンドンドン！

突然《とつぜん》ドアが叩《たた》かれた。私がビクッと震《ふる》えると、ランス様は私を守るように抱《だ》きしめた。

「何事だ！」

「ランス、山火事が発生した！」

廊下《ろうか》からダグラス様が叫《さけ》んだ。

「なんてこと……」

私がそう呟《つぶや》くと、ランス様は私の肩《かた》に顔を突っ伏《ぶ》していた。こんなにお疲れなのに……。

労《いたわ》りを込《こ》めつつランス様の右手を取り、自分の額に当てて祈《いの》った。

「いってらっしゃいませ。お気をつけて。この城でお待ちしています」

「……行ってくる。はあ……今夜はもう……寝《ね》てていいから」

ランス様はそう言って、顔を傾《かたむ》け私の口に唇《くちびる》を合わせ、大股《おおまた》で出ていった。

両手でそうっと口元を覆《おお》う。ファーストキスだった。心臓が胸から飛び出そうに高鳴る。

どうしよう。ちっとも……嫌じゃない。


ガウンを羽織り両手で窓を大きく開け放ってバルコニーに出ると、春の夕暮れの中、ちょうど第一弾《だん》が馬に乗り、出発するところだった。私ははしたなくも大声で叫ぶ。

「ランス様ー、皆様《みなさま》ー、いってらっしゃいませー、ご武運をー！」

「「「エメリーン様、行ってまいります！」」」

兵士の皆様が私に向かって大きく手を振《ふ》り応えてくれた。そして馬上のランス様は私だけを見つめて右手を上げて頷《うなず》き、先頭をきって駆《か》け出すと、一中隊が一斉《いっせい》にあとに続いた。

東の辺境の地、キアラリー。

尊敬するランスロット様が治めるこの土地を、大好きな領民たちが暮らすこの街を、ランスロット様が不在の間は、私が守るのだ。私はただの領主夫人になるのだから。

契約《けいやく》で始まった私たちだけれど、〈祝福〉なんかに縛《しば》られず……ううん、〈祝福〉を乗《の》り越《こ》えて、絶対幸せになってやるのだ。

ランス様と、一緒《いっしょ》に。

おわり

あとがき

はじめまして。そしておなじみの皆様《みなさま》にはお久しぶりです。

「死神騎士《きし》は運命の婚約者《こんやくしゃ》を離《はな》さない」このたび満を持して書籍化《しょせき》していただきました。

本作は時代が大きく動く瞬間《しゅんかん》を読者の皆様と一緒《いっしょ》に過ごしたいと思って、平成三十一年から令和元年をまたいでＷＥＢにて連載《れんさい》したものです。もう五年も前になりますね。

つまり、ピアやルーファスの先輩《せんぱい》になります（弱気ＭＡＸ七巻も同時発売です！）。

弱気なピアと真逆の、基本ポジティブなヒロインのエム。ルーファスは辣腕《らつわん》で『何もかもを手にしているからこその孤独《こどく》』だったのに対して、ヒーローのランスは不器用で『最初から不遇《ふぐう》で何も持たざるものの孤独』。

まあまあ正反対の、この「死神騎士」があったからこそ、のちに「弱気ＭＡＸ」が生まれました。是非《ぜひ》、双方《そうほう》読み比べながら、でも根底にある私の創作の信念——頑張《がんば》る人が報《むく》われて、控《ひか》えめな幸せを手に入れる話を書きたい——を感じ取ってもらえたら嬉《うれ》しいです。

もちろん令和六年に相応《ふさわ》しくあるべく、大幅《おおはば》に改稿《かいこう》しております。加筆すればするほどランスがいい男に育ちましたので、期待してくださいね。

ところでランスのビジュアルは頬《ほお》にキズがあります。そのせいでやんごとなき令嬢《れいじょう》から敬遠されるという設定もあります。頬にキズのあるヒーローは、果たしてビーズログ文庫の読者が受け入れてくれるだろうか……という不安が若干《じゃっかん》ありました。……カバーイラスト、最高ですよね。むしろキズがあるからこそ、影《かげ》やら凄《すご》みのある他にないイケメンが爆誕《ばくたん》したのでは⁉ キズをも魅力《みりょく》に変えてくださった冨月《とみづき》先生に感謝でいっぱいです！

改めまして謝辞を。

「ルーファスよりもランス、いい男かも……」と悩《なや》んでくださる担当編集Y様と、出版に関わる全関係者の皆様。そしてランスはもとより、可愛《かわい》く潑剌《はつらつ》としつつ、時に大人の表情を見せる、愛すべきヒロイン・エムを生みだしてくれたイラストレーターの冨月一乃《いちの》先生。本当にありがとうございます。

そしてこの「死神騎士」を手に取ってくださった皆様に感謝を。エムとランスも皆様のお気に入りのカップルの一組に入れてくれたら嬉しいです。

それでは、これからの皆様のご多幸を心よりお祈《いの》りいたします。

またお会いできますように。

小田《おだ》ヒロ

■ご意見、ご感想をお寄せください。
《ファンレターの宛先》
〒102-8177 東京都千代田区富士見 2-13-3
株式会社KADOKAWA ビーズログ文庫編集部
小田ヒロ 先生・冨月一乃 先生

ビーズログ文庫

●お問い合わせ
https://www.kadokawa.co.jp/（「お問い合わせ」へお進みください）
※内容によっては、お答えできない場合があります。
※サポートは日本国内のみとさせていただきます。
※Japanese text only

死神《しにがみ》騎士《きし》は
運命《うんめい》の婚約者《こんやくしゃ》を離《はな》さない

小田《おだ》ヒロ

2024年 4 月15日 初版発行

発行者	山下直久
発行	株式会社 KADOKAWA 〒102-8177 東京都千代田区富士見 2-13-3 （ナビダイヤル） 0570-002-301
デザイン	永野友紀子
印刷所	TOPPAN株式会社
製本所	TOPPAN株式会社

ISBN978-4-04-737893-3 C0193

定価はカバーに表示してあります。
◇◇◇

ビーズログ文庫
弱気MAX令嬢なのに、辣腕《らつわん》婚約者様の賭けに乗ってしまった
婚約破棄されるモブ悪役令嬢に転生！
でもこの状況、何かおかしくないですか⁉
FLOS COMICにてコミカライズ♪
シリーズ好評発売中！
小田《おだ》ヒロ
イラスト／Tsubasa.v
試し読みはここをチェック★
乙女ゲームの悪役令嬢に転生したピア。自分の運命を知って弱気になり早々に婚約解消を願い出るが、逆に婚約者のルーファスから「私が裏切るような男だと思っているんだ?」と婚約続行の賭けを持ち出され!?